未死之人

瀧口悠生 著

詹慕如 譯

目次

未死之人

1

一波襲來又退去、又再次襲來的各種悲傷，一天天不斷重複後，每種悲傷都漸漸變小、變得安靜，等到進入殯儀館開始準備守夜時，大家都已習慣稱呼那個人為故人，也習慣聽到其他人稱他為故人。

人都會死，自己總有一天也會死，下次喪禮會輪到那個人？還是這邊這位？就算嘴上沒說，腦子裡還是忍不住會想。其實像這樣不怎麼認真地想著彼此之死所形成的一體感，反而能讓今日此時的空氣稍微平穩一些，也讓大家心情都開朗一點。

別再說這些了，會種下壞因緣的。

話聲剛落，就有人揪著話尾反駁，親戚不就是一種因緣嗎？難道還有其他意思？話題一開愈說愈複雜。因緣、因緣，不知從哪裡一直傳來如此低聲輕喃的聲音。

多半是愛說話的春壽喝醉了在叨叨碎念吧。老是愛抓人小辮子，說話帶刺，一逮到機會就好為人師，這些真的是退休老師常有的壞毛病。

不過話說回來，春壽這個喜氣的名字，真不適合喪禮這種場合。說什麼傻話，你以為我喜歡用這種聽起來像和菓子的名字嗎？而且他還是今天的喪主。難道沒有人能代替嗎？誰叫他正是故人和十年多前先走一步的妻子生下的長子，這個不適合葬禮的名字不是別人、就是故人親自取的。由擁有自己取的喜氣名字的兒子，來擔任自己葬禮的喪主，不知道在天上、或者在地下的故人會怎麼想。

誰知道呢，人都死了。

耳邊傳來小孩嬉鬧的聲音，在走廊和靈堂中迴響。

即使是這種時候，他們依然天真無邪，碰觸不到人間生老病死的凝重。不對，轉念一想，雖然是小孩，也不可能完全沒感覺到那宛如塞滿了死者軀體、凝成塊狀的死亡。或許反而是孩子更能直觀這個事實吧。

回想自己小時候，眼前看到死者時也往往不由分說只能接受。

那是誰的死？死掉的是誰的身體？不管是誰，只要是親戚，對於現在穿著喪服端著托盤和熱水瓶急匆匆來去穿梭的那些人來說，就是或遠或近的親人。

因緣、因緣。又聽到了。

實習和尚坐在派去寺廟迎接的車裡趕往這裡，一邊練習著講經。放在後座旁跟袈裟打扮很不搭調的運動品牌尼龍小包裡，手機故障誤撥了出去，已經打了好幾通無聲電話到葬禮會場。接起話筒的人如果仔細靜聽，會聽到混在雜音中的講經練習。司機心想，待會可能有什麼考試吧？不過這距離需要派車去接嗎？用走的！

故人是在那裡數算著層疊壽司桶數量的吉美他父親，也是在吉美身邊手機貼耳、正拜託弟弟保雄從家裡把念珠帶過來的多惠她父親，當然，同時也是接電話的保雄，他們大哥喪主春壽的父親。故人有五個孩子。

又是小孩的聲音。

親戚中小小孩只有今年剛滿三歲的秀斗，這是他的聲音。吉美女兒紗重的兒子，算是故人的曾孫，秀斗要叫故人外曾祖父、「阿祖」。

這天早上紗重和丈夫丹尼爾帶著秀斗一起從鎌倉開車過來，先在家裡瞻仰了遺容，這是秀斗人生中第一次看見死人。與其說「看見」，說「遭遇」可能更貼切。秀斗知道眼前的「外曾祖父」過去只見過幾次，隱約知道他是外婆的爸爸，同時也清楚知道自己原本認識的他跟現在眼前的他完全不一樣。他聽到外曾祖父昨天晚上過世了、也就是死了，雖然知道意思，不過像現在這樣親眼看見之後，還是不太懂死是怎麼一回事，腦中一片混亂。但對他來說這種混亂已經司空見慣，他沒有失控，反而替看到自己爸爸變成這樣的外婆吉美擔心起來。

不要緊的，外婆是大人了。紗重說著，摸摸秀斗的頭。

小秀真貼心，懂得擔心外婆了呢。哎呀，會擔心外婆了啊。說著，吉美用自己的臉磨蹭著外孫的臉頰，此時她眼中浮現的淚水，或許不是因為父親之死，而是感動於外孫單純的貼心。

其實不管那是出於什麼樣的感慨，心理層面的動搖或變化會讓沒受到任何直接刺激的眼球產生水分，這實在超乎想像。首先得活著，才會出現這種現象。明知道這樣想太過輕率武斷，還是動不動就忍不住要下結論。每當有人死了，就會覺得一般的輕率不再是輕率、武斷也不再是武斷。即使是大人也不一定懂什麼是死，只是已經習慣了不懂，或者說早已經放棄去懂，所以能避免失控而已。實際上當吉美他們知道父親剩下的時日不多時，應該就已經開始慢慢習慣他的死。自己的死也一樣，儘管完全不懂那會是怎麼回事，還是得分分秒秒走向死亡，或者說被死亡迫近。當然也只有接受一途，但這種豁達其實沒多大意義，可以視為一種人生假期的思維，人生在世，終究得一而再、再而三撞進這種循環中。吉美看看外孫秀斗，再看看女兒紗重，心裡這麼想著。

說到內在的混亂，站在秀斗身邊將手放在他雙肩上的父親丹尼爾也一樣。他同樣是第一次在日本目睹死者，更是第一次看到死去的日本人。娶了日本妻子的他，比其他美國人更了解日本的生死觀，但實際上看到死者在眼前，光憑自己的想像力還是很難理解這個人之後的去向。

秀斗和丹尼爾長得很像。紗重覺得他們微張著嘴時嘴唇角度和形狀根本一模一樣。她將視線從外公遺體上移開，望向丈夫跟兒子這麼想著。自己這一連串動作跟感慨，外公好像都看在眼裡。而外公的眼睛究竟是在身體上，還是在天花板、在窗外，或者在更上方？雖然哪裡都見不著，還是有一種被他看著的感覺，而人真的會有這種感覺嗎？

之後，紗重也偶爾會想起當時的感覺。以前別人常說自己跟外婆的嘴型很像，她回想起外婆過世時看著外婆的自己，心想，假如自己現在死了，丈夫跟兒子應該也會那樣看著自己，那時候應該會更悲傷一點吧。面臨死亡，會想起自己和已逝的先祖一定是很自然的事。父母親的父母親，還有他們的父母親，在這當中缺了任何一環都不會有自己的出現，這個道理看家譜或者文字上的形容都懂，但也只有在誰真正死了的時候，才能切實感受到真實性。又或者是有人出生的時候。不過另一方面，她腦子裡也第一次浮現出這樣的想法：父母親的父母親還有他們的父母親，假如這脈絡在某一處斷絕了，自己可能會一個轉身在完全不同的地方誕生吧？一定是這樣。紗重猜想，可能是自己有了孩子之後才有這個想法。生孩子之後，她經常察覺到自己心裡這種世界觀的小小變化。

比方說，丈夫丹尼爾在美國的威斯康辛州出生長大，紗重在日本的鎌倉看著海長大。兩人各自在相隔這麼遠的地方出生長大，卻能相遇、生子，簡直是種奇蹟。跟認識丹尼爾之前交往的高中同學相比，邂逅丹尼爾的機率有多低呢？

機率是這樣算的嗎？

說著，丹尼爾鬆開黑色領帶。他的額頭和脖子上都是汗。打開西裝鈕扣，搧了幾下迎風入懷，搧出丈夫跟日本人不同的體味。平時在家幾乎沒什麼感覺，不過出門在外時偶爾會這麼覺得，紗重喜歡這種味道，也喜歡這個瞬間。

機率應該一樣吧？

不一樣吧？

可能不一樣，但不是這個問題吧，所謂奇蹟，跟機率應該不是同一件事吧。

喔。那可能……可能不是機率吧。

紗重，妳是想談機率？還是想談奇蹟？

丹尼爾，你這種講話方式很討人厭。我不是都說了不是機率嗎？

對不起。

對丹尼爾來說，遇見紗重、能像這樣一起生活的奇蹟無法用機率來說明，他也不想。但既然如此那就別談機率，明明說不想談機率，卻還是嘴上不饒人地說教，「所謂的機率呢……」就好像思考機率這件事可以反證式提高奇蹟的價值一樣。實際上就兩個人的實際感受來說，也確實提高了。

那不是機率。

我們相遇的奇蹟，不能用機率來衡量。

像這樣荒謬地唇槍舌戰一番之後，本來以為丹尼爾會開始討論「那所謂奇蹟究竟又是什麼呢？」但他似乎已經滿意，沒再繼續說下去，紗重也跟著覺得滿意。

盤腿坐在榻榻米上，丹尼爾問，我也可以喝酒嗎？看起來就像個日本人。他說起日文來雖然流暢，音調還是聽得出外國腔，姑且不管語言和外表，大概是這坐姿和在意周圍視線的舉止讓人覺得他很像日本人吧。或者是這個人原本的個性，他對任何事都被動接受、容易畏縮的樣子，反而像個在外國的日本人。紗重經常覺得，比起自己的朋友或者在職場認識的男人，丈夫更像是道地日本人。

可以啊，喝吧。有媽和阿姨舅媽她們忙進忙出，我們什麼都不用做。別客氣、不要緊的啦。

聽到紗重這麼說，丹尼爾離開房間，說要去找酒。

守夜結束，大家開始在榻榻米宴會廳裡用餐。秀斗睏了，開始鬧脾氣，於是他們三人退到親屬準備室裡，不過鬧彆扭的秀斗途中卻被擦身而過的浩輝拉到院子裡去玩了。

念國中的浩輝是秀斗的什麼人呢？表哥？……不對。浩輝是紗重表哥寬的孩子。母親的表哥的孩子，該怎麼叫？紗重想了想，還是不知道。

媽媽這邊的家族親戚很多。好像從小就經常在思考這些不知該怎麼稱呼的親戚關係。已經七點半，天黑了，不過宴會廳就面對庭院，大人眼睛能看見院子裡的動靜。但紗重打算待會就去叫秀斗。今天要入住附近那間出門時預約好的商務旅館。最晚九點多必須開車離開這裡。她知道丹尼爾一定會喝酒，等等得自己開車。

丹尼爾拿著玻璃杯和啤酒瓶回來，但剛坐下就發現沒有開瓶器。哎，他嘆了口氣垂下頭。

「給我吧。」紗重拿過啤酒走到窗邊，把啤酒瓶蓋卡在鋁窗柵上俐落往下一扣。

沒發出什麼聲音瓶蓋就開了。以前舅舅教的，紗重把酒瓶遞給丹尼爾，這麼說道。丹尼爾不知道紗重說的舅舅是今天來的這許多舅舅中哪一位，不過剛剛紗重把啤酒瓶卡在窗框時的動作和姿勢，確實很有大叔味。會不會故人早在我們夫婦相遇之前、出生之前，就已經走遍世界做過這個動作？丹尼爾在心中用日文想，以後再也看不到那個姿勢了。

2

守夜會場不在寺廟也不在專用殯儀館，而是地方上的集會所，距離故人家、也就是故人女兒們的娘家徒步大約十分鐘左右。

集會所旁邊有一座小山，其實稱呼為丘陵還比較恰當，從山腳下的石造鳥居爬上石造階梯，山的中腹有座稻荷神社。高度不過短短幾十公尺，從集會所院子仰望也覺得神社距離不遠，現在是晚上，神社跟山裡的樹木一樣，都被埋入一片漆黑當中。

接近正方的四角型院子大到孩子可以在這裡打棒球，角落擺了幾張長凳，庭院一角面對集會所的宴會廳，靠著從屋裡透出來的光線和聲音，孩子們晚上在屋外玩也不覺得害怕。另外還有幾盞室外燈。地面整理得很乾淨，沒有碎石也沒有雜草，因為平時這裡是附近老人的槌球場，地面上張起的細繩圈出了槌球球場的範圍。故人以前也在這裡跟朋友一起享受過競技之樂。

浩輝帶秀斗來到院子裡，浩輝的弟弟涼太現在正穿過繩索，一個一個拔起打在地面上的木樁。

用附近撿來的鐵棒穿進木樁上的環，不斷轉動同時往外拉，原本堅實的土漸漸鬆軟、洞孔擴大，最後出現一根長度超乎想像的木樁。將木樁從洞孔裡拔出的感覺，明明是正好相反的動作，不知為什麼竟然跟性器插入性器的感覺很像，之後他們每每在關鍵局面都會回想起這時的感觸。

當然，這些都是很久以後的酸甜滋味，現在他們還是名符其實連毛都還沒長齊的小孩。前不久涼太才在浴室目睹哥哥浩輝小雞雞上確實長出了幾根柔弱而細長的毛。

現在正在拔第四根、也就是最後一根木樁的是涼太。浩輝在他身邊笑著說，要是被發現你就慘了。他們兩個都同樣繫著領帶、身穿帶金鈕扣的深藍外套，一身國中制服打扮，不過真正上國中的只有哥哥浩輝，涼太現在才小學六年級。因為沒有適合參加喪禮的衣服，借了哥哥備用制服穿。一開始向涼太提議「把這些全部拔掉吧」的是浩輝，說「讓我試試」、剛把第二根木樁拔掉的也是浩輝。三歲的秀斗還沒力氣拔掉木樁。他跟在兩人身邊走，拿起拔下的木樁戳著地面，或者抓住剛剛穿過的繩索，揮著木樁玩。

拔掉圍起球場四角的木樁後，涼太沒事可做，就這樣看著哥哥癡癡笑了一會兒，然後什麼也沒說衝向建築物，在開了一半的窗前脫掉鞋子走進宴會廳。

夏天時可不能這樣大敞門戶，不過現在是冷暖氣都不需要的十月。連蟲子都不怎麼進來。

真是死在一個好季節。

已經有好幾個人開過這類玩笑。總共大約三十人左右用餐的宴會廳裡，充滿了香菸的煙霧和氣味，現在正開著窗戶換氣。

抽菸的人很多。討厭菸味的紗重逃出宴會場，一半原因也是因為受不了這些煙霧和氣味，她說秀斗想睡鬧脾氣，其實有一半只是藉口。

年輕時是老菸槍的故人，自從十幾年前發現胃不好就戒了菸，但是今天聚集在這個場合的朋友、兒子女兒、親戚，大家喝了酒抽一根、抓個壽司再抽一根，不斷點起菸吞雲吐霧。

回想起來，這個家的人只要聚在一起，好像總是充滿煙霧。伴隨陳年舊事吐出的煙裡，彷彿可以看到故人之死和總有一天即將到來的自己之死。宴會剛開始時，宴會廳裡除了克制的話聲也開始處處升起煙霧，那幅光景看起來甚至有些神祕。忍不住勾人回想，啊，之前在誰誰誰的喪禮上，也曾這樣看著煙呢。但這也僅限於宴席序幕，漸漸地，大家說話聲愈來愈大，也毫不客氣地開始跟距離較遠的親友交談。開始出現金錢和政治的話題，開始響起低俗笑聲，開始夾雜色情甚至猥褻的單字。

到處替來客斟酒的是喪主春壽等故人子女還有年長的孫子們。

十個孫子裡，上高中的知花和英太，還有國中生的森夜和海朝、陽子坐在角落喝果汁、吃壽司。偶爾看看彼此的手機和遊戲機聊天。誰是誰的小孩、誰跟誰是兄弟，只有少數親戚能分得出來，就連他們本人也分不出對方到底是年紀差距大的堂表親還是叔伯姑嬸。

森夜和海朝是故人么兒一日出的孩子，親戚每次看到這名字就要問怎麼念，都不知道問過幾次了還是記不住。或者記得念法卻記不住怎麼寫。因為這些困難障礙，讓親子或者手足關係變得更加複雜。

SHINYA。森林的森、夜晚的夜。

MIA。海邊的海、朝日的朝。

一天的日出、一日出，KAZUHIDE。

一日出對於生在元旦早晨而取的這個名字既不怨恨也不討厭。大家都說，在兄弟姊妹當中他比較畏縮，從小就少有引人注意的行動，總是跟在兄姊身後，很清楚自己的位置，絕對不會得意忘形。儘管有個奇怪的名字，儘管從幼少時期哥哥姊姊就經常隨意使喚這個么弟，他向來以不爭不求、波瀾不起的表情接受這一切。

兩個孩子發音特別的名字不是一日出取的，是妻子奈奈繪取的。正確來說，SHINYA、MIA，這兩個發音是一日出和奈奈繪兩人一起想的，不過挑選出這些對應漢字是奈奈繪的主意。名字當然有其由來，但是不管父母親或者孩子本人，都不太想向連讀音都沒打算認真記的親戚特意說明。所以目前為止大家都幾乎不知道由來。

個性老實畏縮的一日出，娶了妳這種老婆。

奈奈繪經常會接收到這種類似欺負媳婦的話。其實小姑或親戚們這些沒什麼陰濕心機的話因為口無遮攔，聽來反而有些正面，不過可能只有向來在親戚朋友和丈夫、孩子面前都很冷靜，甚至有些冷淡的奈奈繪耳中聽來才是如此。總之，並沒有發展成太棘手的問題，大家看來都很慶幸。女人之間的糾紛最麻煩了。

不過奈奈繪心裡究竟怎麼想，那就不知道了。說不定她暗地裡其實很受傷。

兩人一結婚她就經常被形容成作風特別又愛招搖的女人，一切都是因為她的年輕，實際上她沒有特別招搖，作風也並不古怪，只不過確實比這些小姑大伯還有不知總共多少人的叔伯姑嬸年輕。對他們來說，只有奈奈繪一個人很明顯屬於不同世代。她跟一日出差八歲，結婚時才二十二歲，看上去就是個年輕小姐。

先有後婚這件事也加深了這種印象吧，再加上她在新宿出生長大，同樣是關東，對於生活在埼玉西邊、和東京有一段距離的人來說，這個地點聽來實在太刺激，忍不住會想像她就在歌舞伎町正中央長大。但實際上奈奈繪在落合的住宅區過著極其平凡的童年、長大成人。

另一方面，因為年齡接近還有個性不拘小節的關係，甥姪們像大姊姊一樣喜歡她。比方說在故人的孫子裡，現在已經成人正替鄰居老人們斟酒的崇志今年三十二歲，他跟三十六歲的奈奈繪只差四歲。對，跟姪子的年紀比跟丈夫更接近。這種事在兄弟姊妹多的從前並不是什麼稀奇事，可是這些老人實在很難想像，現在替自己斟酒的崇志跟在不遠處替故人槌球球友阿傳斟酒的奈奈繪，竟然是嬸姪關係。不過話說回來，這年輕人是誰？他是故人的什麼？

崇高的志氣，崇志。

老人替回答自己名字的青年也斟了酒。你是誰的兒子？

春壽。

喔，春壽的兒子啊。對方恍然大悟，那那邊那個女孩是誰的孩子？您是說奈奈繪姊嗎？聽他這麼一說老人心想，奈奈繪應該是崇志的姊姊、春壽的女兒。

崇志在今天在場的孫兒中年紀最長，自己高中三年級十八歲時出現的這位二十二歲嬸嬸，他實在叫不出口，稱呼「奈奈繪小姐」又不太好意思，於是他跟弟弟正仁莫名地有了共識，開始叫他奈奈繪姊。

弟弟正仁、弟弟正仁……咦？有正仁這孩子嗎？

正仁今天沒辦法來。現在因為工作人在鹿兒島，本來要過來的，但是因為天候不佳所以飛機取消。

所以正仁沒來，現在人在鹿兒島。這距離實在太遠，沒有人試圖想像、或者談論正仁。崇志已經兩、三年沒見過正仁，另外今天沒到場的哥哥寬則是五年前就下落不明了。

啊，九州那邊有颱風呢。

就是啊。

崇志替眼前這個連自己是誰都不太清楚的老人斟著酒，他一樣不太清楚這老人是誰。老人是故人的兒時玩伴，小八。

3

從面對院子的窗爬上宴會廳的涼太，穿梭在桌子和人群之間，來到孩子所在的角落，他看著知花和英太：「哇，你們在喝酒！」

喝著倒在杯裡的啤酒，同年的高二英太和知花聊起明年即將到來的大學考試。多惠女兒知花上的是私立完全中學，希望可以爭取到大學的推薦名額，但是平時沒怎麼念書，大概沒希望了，這樣看來沒考過高中的自己應該也考不上大學。補習班？沒去。

說著，知花喝乾玻璃杯裡剩下一半的啤酒。啤酒好難喝。沒有水果調酒嗎？

怎麼可能有這麼講究的東西。

說著，英太往知花的杯裡又倒了啤酒。英太是保雄的長男。他模仿著宴會廳裡的叔伯和爸媽等大人做出低俗的舉動，但動作顯得很生澀。跟英太差兩歲、現在國中三年級的妹妹陽子在遠處跟森夜他們一起並肩坐著，帶著冰冷的心情和視線，邊喝著可樂邊看著假裝成熟且得意洋洋地在堂表弟妹和親戚面前喝酒的哥哥，知花對那種冰冷隱隱有種共鳴。

喂，涼太！

涼太搶過森夜的手機，想拍下未成年的英太和知花喝酒的照片，他聽到英太叫自己很開心，大聲回道，幹麼？

噓！英太在嘴前豎起一根手指招手要他過來，他還是繼續想拍照，英太又不耐煩地叫了他一次，他這才將手機還給森夜靠近過來。

幹麼？

走廊中間那個房間裡不是有冰箱嗎？你去打開看看，如果有水果調酒就拿過來。要不然地上放了一個很大的保冷箱，說不定在那裡面。

涼太得以擔當大任幫忙做壞事，高興地喊了聲「好！」跑出宴會廳。

英太往自己玻璃杯裡倒了啤酒，一口喝了約半杯，打了個大嗝。

他這樣子，還有不知為什麼把兩邊制服褲管都捲到膝蓋，露出那不知是日晒還是單純沾染灰塵所致的漆黑肌膚以及茂密腿毛坐著的姿態，平常在學校生活都不曾看過，知花心想，正因為這樣，他才會成為一個能讓人投射上各種想像的同年代異性確切實例。知花上的是女校。

英太是足球隊的。他把腳踝襪的腳跟部分脫下，只剩前端勾在腳上。要脫就徹底脫掉啊。

社團活動結束之前先不考慮準備考試。英太這麼說道，又打了個大嗝。

不考慮？你到底在說什麼。

反正總會有辦法的，說著，他將太卷送到嘴邊，嘖嘖有聲地咀嚼後吞下，又塞了一個到嘴裡。那樣子看起來真骯髒，甚至好像是故意顯得這麼髒。聽說這種傢伙也交了女朋友。知花猜想，反正一定是什麼也沒多想就在一起、隨隨便便就決定交往吧。他女朋友想來也不會多可愛。雖然自己沒見過。

知花很清楚知道自己長得不算漂亮。她環視宴會廳，觀察了一番叔伯姑嬸們的長相。當然也不算什麼新發現，每個人都長得平凡無奇，沒什麼特別值得讚美的地方。

說起來也是理所當然，畢竟是親戚，個別五官部分確實很像。就連沒有血緣關係的配偶們也莫名有相似的地方。特別是吉美阿姨的先生勝行姨丈和知花的父親憲司，兩人明明沒有半點血緣關係，但是一起出現在這種家族聚會上時，兩人的樣貌和散發出的氣質都極其相似，讓人以為是親兄弟，剛剛已經有許多人紛紛聊起這件事。或者應該說，每逢家族裡有婚喪喜慶，必定會聊到這個老話題。

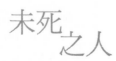

勝行和憲司不僅長得像、年紀相仿，感情也不錯。就算不是這種家族婚喪喜慶，平時兩個人也偶爾會相約到外面喝酒。到底是原本就長得像？還是因為彼此的妻子是流著相同血液的姊妹，長年親密往來之下漸漸變得相似？無論是何者都很難有合理的解釋，但實際上他們確實長得像極了。

吉美和勝行結婚三十年，多惠和憲司也結婚三十年。這兩對夫妻在同一年結婚，不過結婚時因為雙方丈夫工作的關係，吉美夫妻住在福岡、多惠夫妻住在東京都內。

勝行原本是保險公司業務員，繼福岡之後也數度被公司派任到日本各地，獨生女紗重出生時他應該剛好在仙臺工作。吉美結婚前跟勝行是公司的同事，婚後辭掉工作專心當家庭主婦。紗重上中學時勝行調回東京總公司，在老家鎌倉買了房子。之後調到橫濱分公司，到退休之前應該不會再有調動。

不過其實就算對方是自己的親戚，這些粗略的資訊當中也可能有些缺漏或錯誤，更別說是並未親眼看過當時狀況的知花，她唯一能確定的大概只有吉美阿姨一家現在住在鎌倉這件事，其他都是從大人口中輾轉聽來的。也說不定全都是錯的。

至於自己的父母親憲司和多惠，理應知道得更詳細一些。可是仔細想想，雖然資訊量確實比較多，如果要整理出家族史上的主題，在自己出生之前和幼年時期的事件，自己所知的其實也並不多，跟其他親戚家沒什麼兩樣。她最先想到的是喝醉的父親把自己鎖在廁所裡直接睡著的事件，還有全家去伊勢旅行時知花一個人不小心搭上反方向電車，就這樣繞了紀伊半島一周的騷動，都是些家人間聊過很多次的小插曲，再來就是以前養過的狗，貝斯。

婚後夫妻兩人先住在三鷹還是調布那一帶，後來哥哥美之出生後搬了家，但當時到底是從三鷹搬到調布、還是從調布搬到三鷹，畢竟是自己出生之前的事了，不管聽過幾次她還是記不住。這些事情又沒有附帶影像或聲音能幫忙記憶，就跟平時背誦日本史或世界史一樣。知花最不擅長、也最討厭歷史科目。

憲司在百貨公司上班、多惠是護理師，這對夫妻雖然搬了不少次家，但都一直住在東京都內。知花出生後他們搬到杉並區，一開始住在濱田山附近，但她對這個家一點印象都沒有，之後住的西永福房子也只有模糊的記憶。濱田山和西永福都不是平時會特地前往或者常經過的地方，到底是什麼樣的地方她完全沒概念。

憲司和多惠婚後二十年左右，他們一家搬到橫濱市內。之所以搬家，跟現在不在場的長男美之有很深的關係。當時美之十六歲，知花剛上小學。

聽說跟知花相差十歲的美之在幼兒園、小學時期的生活和成長過程都跟其他孩子沒什麼兩樣。但是上了國中大約半年左右，就經常不去上學，把自己關在家中房間裡。

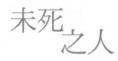

多惠和憲司也懷疑過是不是在學校被霸凌或體罰，當事人說不是因為這些原因，國中導師也表示班上並沒有霸凌現象。當然他們沒有馬上單純地接受這些說詞，不過美之雖然不去上學，同學卻經常來找他，美之也並不抗拒，總是邀同學進房一起玩電視遊樂器，或者一起彈朋友帶來的樂器，跟平時總是一臉陰沉表情相比，這種時候看起來玩得挺開心，多惠和憲司也漸漸不認為問題出在美之的人際關係上。

朋友們總是放學後來找他，到了晚上就回家。參加社團活動的人還會等社團活動結束後特地過來露個臉，回家時彼此會互道明天見，而他們口中的明天並不是指在學校見面，到了隔天放學後，大家又會各自背著吉他，抱著借來的漫畫和雜誌，買一大堆零食到美之家。寒假結束，進入第三學期時，美之已經完全不去學校，朋友們還是一樣幾乎每天來找他。

到底是為什麼？有一天，多惠攔住要離開的朋友想問個清楚。這個問題裡包含了你們為什麼每天都來我家？還有美之為什麼不去上學這兩層意義。這對父母親為了兒子沒有特別理由或原因卻不上學大感困惑，不僅遲遲找不到解決途徑，甚至連理由都不知道，他們漸漸開始感到焦急。兩人都各有工作，還得花心力照顧那時年紀還小的知花。不過多惠也早料想到，從同學們的回答中找不到任何線索。

其實我們也不知道。

阿美跟以前沒什麼兩樣，應該不是因為霸凌或生病，我覺得伯母您應該不用太擔心。

我也希望阿美來上學啦，不過要不要來是他的自由。

伯母，每次都這麼多人來打擾真不好意思。

要不要上學確實是美之的自由。現在想想，他從小確實是個思慮深沉、有強烈內省傾向的孩子。如果說他這麼做有什麼原因，當然也很想尊重孩子的想法。但是身為父母，也不能如此輕鬆看待。再加上來找美之的那些朋友們也漸漸不去學校，大白天大家就聚在美之房間。他們沒有抽菸喝酒，只是跟以前一樣在房間玩遊戲、看漫畫，有時候也會一起外出。畢竟身上沒多少錢，他們不會去鬧區或遊樂場之類的地方，多半都待在公園或圖書館打發時間。

當然校方和其他學生家裡也開始關心這個狀況。他們覺得是美之煽動其他孩子不上學，可是馬上就被當事人否認，不過事實如何大家仍舊一無所知，至少表面上沒有任何戲劇性理由或者機緣，他們就這樣慢慢地、悄聲地遠離了義務教育。

二年級放暑假之前，美之的八個朋友已經完全不上學。如果加上偶爾會去學校但經常翹課聚集到美之房間的常客，算算超過十人。

他們變成不良少年了嗎？如果不是，那他們成了什麼？家長們說，正因為孩子們不去上學沒有特殊理由，所以也很難說服他們重回學校。他們沒有強烈反抗什麼，也沒有特別熱衷於什麼，但也並非有氣無力地茫然度日。隔年就要考高中了，他們幾乎不會說起升學或未來的事，但不管以任何形式，憲司和多惠還有其他學生的家長都希望他們能上高中，包含美之在內，這些學生裡沒有一個人的成績在升學上有困難。他們自己似乎也在思考上高中這件事，自發性地組織了讀書會。像他們這樣不盲目反抗也並非懈怠懶散，反而更讓周圍的人難以理解。

回想到這裡，知花覺得，自己之所以無法確實掌握家族的概貌，一大部分的原因可能出在哥哥的身上。自己跟哥哥美之差十歲，當時才三、四歲的知花不太記得哥哥不上學時的樣子。她隱約記得當時在西永福兩房兩廳的公寓裡，擁有自己一間小房間的哥哥身邊聚集了一群在自己眼中看上去跟大人沒兩樣的國中生。這到底是不是當時所見的光景其實相當可疑。比起這個，她印象更深刻的是當時為了哥哥的事而煩惱的媽媽，有時會突如其來地用力抱緊躺在床上睡覺或正在吃飯的知花，她會用力到知花身體覺得痛。當時只茫然以為這是母親疼愛的方式，但現在回想起來，對當時的母親來說，自己或許是她短暫的救贖和依靠吧。她還沒有問過母親這些事，以後母女之間可能有機會聊起吧。

聽妳這樣講好像真有這麼一回事。對，應該是吧，當時如果沒有妳，媽媽可能會撐不下去。

話裡留著不說破的曖昧，但其實女兒所說的那些瞬間，多惠記得一清二楚。真沒想到，那些唐突又沒有脈絡的行為竟會留在女兒的記憶中，當時衝動地緊抱著女兒，沒想到數十年後，跟當時的自己年齡相仿的女兒竟然會在自己面前翻出往事。

到時候女兒可能已經有了自己的孩子。如果真是如此，夾在母親和孩子中間的女兒，心裡的想法可能會更為複雜。

就像知花的表姊紗重說的，這種感慨或許是任何一對親子身上都有可能發生，極其平凡，但雖說平凡，也不是隨時隨地都能簡單碰觸的情感。在某個瞬間，心中產生曾經聽過數次的感慨，愈是平凡，其中就藏有愈多人類未知的、已知的感慨。

知花視線前方的母親多惠，現在正跟故人的弟弟，也就是自己的叔叔說話。多惠平時就經常喝酒，現在也比交談對象的老人節奏更快地喝乾玻璃杯裡的啤酒，自己又倒了滿杯。她的眼神呆滯。知花沒見過母親發酒瘋，但是以前幾乎不喝酒的多惠開始每晚必喝，大約是搬到橫濱那時候，相當於美之不去上學的時期，也不知道是不是真是這樣。

美之的朋友們漸漸遠離學校，大約過了半年左右，又再次慢慢回到學校。唯有美之還是一樣不上學，就在他自動升上三年級，迎接第二學期時，他表示畢業後想念位於橫濱郊區一間私立高中。那間學校向來以校風自由著稱，沒有校規也不需要穿制服。

啊，所以知花一家才會搬到橫濱。為了哥哥美之的升學問題。

背靠在牆壁柱子上、將雙腳伸直在桌下的英太，直接拿著啤酒瓶就口喝。

知花實在看不下去，只回了一句「對啊」，然後起身穿上拖鞋走上走廊。去拿水果調酒的涼太還沒回來。

因為哥哥拒學，或者說為了藉由升高中來逃離他拒學的事實，知花家搬到了橫濱。知花再次確認了這個原本就知道的事實，不過這段歷史讓她覺得有點新鮮，因為當時才六歲的知花並不知道哥哥過去發生的事，印象中只有模糊混雜的西永福家和街道，以及橫濱市戶塚區的家和街道的光景，形成了自己心目中那個時代家族的意義。在那當中並不存在具備意志或者聲音的人，自己也一樣。

那個時期，父親通勤到銀座的時間如果加上徒步走到離家稍遠的最近車站這段時間，比以前多了將近一個小時，母親搬家後辭去之前的護理師工作，在橫濱沒能順利找到工作，儘管有意復職，卻不得不走進家庭，兩人的關係岌岌可危。因為擔心母親，當時已經搬到鎌倉、住得很近的吉美阿姨經常到家裡來。父親也因為住得近的關係，跟勝行姨丈的交情漸漸加深，所以長相也愈來愈像，這些事跟母親從那時期開始喝酒那件事一樣，她都是事後才聽說，那些辛苦的時代、煩惱的日子並不是知花自己的記憶。所以時間一久，一定又會變成無人存在的空蕩記憶。

探頭看看走廊中間的茶水間，涼太坐在折疊鐵椅上，正面對保冷箱喝著罐裝水果調酒。旁邊已經有一個空罐，現在喝的應該是第二罐。他表情看起來像在沉思，直盯著什麼都沒有的正前方。大概是不習慣的酒精擾亂了小六生的腦袋跟身體，他現在顯得表情很成熟。那孩子的父親是……，知花在心中暗念。寬。五年前就下落不明的表哥寬。

知花停下腳步看著涼太，涼太望著前方，不時將水果調酒送到嘴邊，但知花沒有發現。知花沒對他多說什麼，繼續往前走向走廊深處的靈堂。

幾個小時前還在舉辦守夜儀式的靈堂現在光線昏暗，只有後方祭壇上點著燈。祭壇中央下方，裝著外公遺體的棺木四周塞滿了花飾。點燈亮處前方的中央設有通道，兩邊擺著折疊鐵椅。

明天在同樣地方還要舉辦一次告別式。走在通道上，她發現並排椅子最前排角落有個人影，同時那個人影正轉向這裡，知花下意識地叫了一聲。

哈哈，看著驚訝的知花笑出來的是一日出。嚇到妳了。

在幹什麼？

顧香火。

祭壇前的臺上放著蠟燭和圓形佛具，容器裡插著線香。蠟燭火焰幾乎沒動，不過偶爾會稍微晃動，香煙幾乎是筆直往正上方冉冉上升。沒有風呢，知花心想，就在這個瞬間燭火和煙又微微搖動了一陣。

今天晚上香火不能斷掉。

喔。知花回答。心裡雖然想問為什麼，但也沒有好奇到想出聲一探究竟，只覺得，喔，這樣啊。輪到你值班？

對啊。

知花走在通道上，偷看了一下香爐。現在立的那炷線香已經剩下一半長度，看樣子還要燒一段時間。她繞到旁邊從棺木的小窗看了看外公的臉。

她沒有跟外公一起生活過，只在盂蘭盆節跟新年全家回來探親時一年會見一、兩次，外公的長相她從小就很熟悉，看到外公變得跟黏土捏的人偶一樣，還是覺得很震驚。大概是因為在一起的時間少，與其說是因為再也見不到，讓她震驚的其實是因為外公的長相和身體跟活著時那麼不一樣。

可以再插一根嗎？

應該沒關係吧。

知花拿起放在圓缽旁的許多根線香之一，將一頭抵著蠟燭的燭火。

香點上了，她把火吹熄，豎在剛剛那根香旁邊。

那個不能用嘴吹。

啊？

香火要像這樣，用手去搧來熄火。

喔，真的嗎？那怎麼辦。

還能怎麼辦？一日出也不知道吹都吹了還能怎麼辦，什麼也沒說。

不知道。輕聲說完後，知花有點慌地盯著香和蠟燭，最後也不知是放棄了還是豁出去了，她往棺裡又看了一眼，在心裡說道：「掰掰，外公」，然後從制服裙子口袋裡掏出手機，瞥了一日出後離開了靈堂。

4

變成臨時葬禮會場的集會所入口和前院處處擺著花圈，上面寫著親戚、跟故人有淵源的人名、企業，以及同學會的名字。雖然說是臨時，但這裡經常用作喪禮會場，當地葬禮公司和熱心鄰居一起從白天就開始設置花圈，布置祭壇、靈堂、準備宴會等等，大家都已經駕輕就熟，默契極佳地合作，工作起來手腳俐落，看起來甚至有點興奮。明天撤場工作應該也會很順利，就連裝飾祭壇和會場的鮮花要由誰帶走多少，在設置時都已幾乎決定好了。

集會所前的單行道一邊是低了一層的原野，這裡原本是農地，現在沒怎麼管理，只剩一片任憑雜草叢生的空地。這條路繼續往前走一陣子會接到縣道，路口就是故人家供奉的祖先牌位的家廟。路邊零星有幾戶人家，但多半是農地或野草深長的荒田。再遠一點的土地有成片農田，不過這附近的聚落沒有種稻農家，多半種蔬菜。很少有哪一戶完全放棄耕作，但也很少人僅以務農維生，大部分都面臨著後繼無人的問題，田裡只種自家用的農作。

晚上除了稀疏的街燈下，其他地方都暗到看不清馬路跟田地間的界線，但也不至於真的看不見，眼睛馬上就能習慣黑暗。柏油的黑跟草叢的黑不一樣，抬頭看看遠方河川上方的天空，就知道那不是黑暗，而是平時看慣的夜空。

同一條路的另一頭在集會所前方那片森林大幅往左轉，經過兩戶開鬩林地而蓋但現在已經被草木埋沒的房屋之後，往左延伸出去的是一條跟縣道相連的狹窄三岔路，繼續往前走不久就是下坡。附近家貓野貓夜夜徘徊遊蕩的涼亭出現在左手邊後，接著往右轉個大彎往下走，正面就是一片廣闊河畔。

晚上河畔的石塊彷佛吸飽了白天照射的日光，又亮又白。平靜流淌的河面並未反射光線，看不見水的流動也看不見水波起伏，漆黑濃重。長滿了草的沙洲就像被這黑暗吞噬，也一樣漆黑，分成兩股的水流靠後方的河道已經不見水面。如果是夏天河邊天天都張著帳篷，一到週末又是火堆又是燈光，總是熱鬧歡騰到深夜，不過十月平日的晚上，誰也不會來這河畔草原。

從這邊的高臺望去，對面河岸的河堤和沙洲的茂密草叢連成一整片漆黑。對岸堤防後並排著四座形狀相同的小建築物。白天那面介於橘色和粉紅中間顏色的四方形牆壁對著這邊，不過那面牆沒有燈，現在只是一片黑，建築物後方的微明燈光映照出一圈輪廓。立在旁邊的招牌有從下方打亮的光，但看不清上面的文字，好像用英文寫著什麼。這裡其實就是賓館。

當然，現在從這裡看不見、也不知道賓館每個房間裡有沒有人在。但儘管如此，就算現在沒有人在，過去這四棟樓各處都曾經有過數不清的誰存在。以後也繼續會有數不清的誰造訪這些房間。

再過去一點有一座高爾夫球練習場。整個由安全網圍起的高聳空間泛著一層淡淡的光，好像浮在黑暗中一樣。雖然看不見擊飛的高爾夫球，但是練習場亮著燈，看來一定有人正在打球。不過實際上沒有人在，球飛過一座只亮著燈的練習場落在人工草皮上而沒有任何人發現。沒人看見沒有人的事實，從河的這一邊看不見沒有人卻依然飛過的球，也沒有人看到。仔細看看，可能只是夜間飛在眼前近處的小蟲，或者是晚上出沒的鳥，飛走的那顆球是蟲還是鳥，該何時、該如何仔細確認才好？

右打還是左打都行，揮起球桿，朝著腳邊的球畫一道弧線。沒打過高爾夫球的人看到這樣的動作或許覺得很簡單，實際上一旦放上球、站在球前，就會連手腳都不知該往哪裡擺、該怎麼動。不只是高爾夫球，我對任何一種運動都不擅長，要我擊球、擲球，身體根本不聽使喚，無法像平常看到的運動選手那樣活動，恐懼也比別人更強烈。小八這麼說。

町內老人經常會包下小巴到處去洗溫泉、看戲、賞楓等，但這都已經是以前的事，當時參加的面孔已經有一半以上都不在了。話雖如此，也不斷有新的老人遞補進來，人數上並沒有減少，只是不像從前那樣一年到頭去旅行聚餐，經常出遊聚會，這是不景氣的影響？還是世代的差異？總之，在全盛時期，具體來說是八〇年代到九〇年代左右，當時一年有幾次大家會一早就到千葉或群馬的高爾夫球場去打球。小八繼續說。可是啊，就因為這樣，其他旅行都是全勤，唯有高爾夫球我只去了一次，之後人家邀我也不去。

小八的表情苦澀，回想起當時曾經瞞著其他人偷偷去了那練習場好幾次，再怎麼練習都沒怎麼進步。

也不知道為什麼會變成那個樣子，高爾夫球場後方是一片明暗斑駁的朦朧夜空。闇夜和夜空的差別或者說界線，再怎麼看都不懂眼睛到底是如何判斷的，眼睛什麼也不告訴我，眼睛就只是看，就是看見了。

夜空永遠在我們所有人的頭上，假如我死了，就可以爬到別人頭上天空，隨心所欲地來去，這種想像一定是錯的。會說這種話的人，到頭來跟活著的時候一樣，只會從地上呆呆仰望著月亮星星或者雲朵，就算死了，所做所想跟活著的人應該也都沒什麼兩樣吧。因為其實就算不死，死了以後會飛上天空自由來去的人，活著的時候一定已經經常這麼做。其實我知道有好幾個人都這樣。翻過屋頂的高度、超過鳥飛翔的高度，抬起下巴看著更高的天空。順利的話可以連接到宇宙，但是對於能自由上升的他們來說，宇宙只不過是單純的上方。上升之後氣溫會漸漸下降，所以上臂還有肚子附近會起雞皮疙瘩。平常已經習慣上升，服裝也準備齊全，穿得厚到在地面上會覺得熱。反過來說，身上穿著不合氣溫厚衣服的人，或許很高的比例都有這種上升傾向。不過實際如何也很難說。

低頭俯瞰可以看見像地圖一樣的地表，但他不怎麼看這些。假如已經遠到感覺不出下游河面平坦寬廣、上游水流湍急，有大塊岩石以及凹凸等等，那麼看景色也幾乎沒什麼意義。在空中沒有所謂高度跟寬度，試著想像高度和寬度並非實體上不存在反而到處氾濫的感覺。

假如身體浸泡在河川或者海洋中，那麼就跟在高空上一樣，或許可以真正體會到一些氾濫的感覺吧。這邊的河即使前進到河中間，深度也頂多及膝，水流很穩定。不過夜晚的河川彷彿深不見底，黑水忽然變得濃重，似乎會纏上身體，將人拖入水中。

屁股碰到了水，慢慢將腰往後移，讓背部浸在水中。夜空高掛在視野中，從剛剛就不斷聽到的水流聲，現在應該最接近聲音的來源，而聲音發自何處，在何處迴響，已經分不清楚。無法上升到天空的人，只能這樣躺著。脖頸和後腦勺浸在水中，好冰！亂叫一通。試著放鬆手腳的力氣，喔喔喔喔！應該很像，跟天空的感覺很像，好像身在天空一樣。沒錯沒錯，雖然我沒去過天空。

就這樣，慢慢地讓夜晚的河流過身體。

5

來到集會所庭院的知花打電話到哥哥美之的手機，他住在距離徒步約十分鐘的故人家院子裡那間組合屋。

組合屋原本是倉庫，用來收納農具或者沒在用的家具，不過美之來這個家後不久，就請來商店街的工具行電器行裝上空調鋪好地板，整理到能夠生活起居。

故人之前住的房子面積大，每間房間的格局也都很寬敞，但也因為這樣，房間都不太容易變更原本的用途，或者已經擺放了大型家具，美之住進來也沒辦法替他準備專用房間，應該說，沒人起過這個念頭，於是在美之的要求下，改裝了那間幾乎沒在使用的倉庫小屋。

從小，美之到這個家來時就經常待在倉庫裡，他會找出舊道具來玩，窩在小屋裡一躲就是好幾個小時。

順利進了橫濱郊區那間私立高中後，美之開始每天上學。高中距離家裡最近的車站要搭二十分鐘左右的電車，然後再換乘三十分鐘的公車。這趟通學路並不輕鬆，幸好這間高中跟一般高中不一樣，採學分制，不需要每天早上同樣時間到校，但美之三年期間幾乎沒請過假，一早就出門上學，除了中學時開始在自己房間隨手把玩但並沒怎麼認真練習的吉他之外，他也很熱衷於跟朋友們聚在一起演奏貝斯和鍵盤等樂器。

假日也會到學校來練習的他們並沒有加入什麼社團，但也很難稱他們在「玩樂團」，因為到頭來他們從來沒在人前演奏過，也沒錄過音，只是不時有團員來來去去，有時恢復原樣，單純只是想聚在一起練習，如果是這樣可能連練習都算不上。演奏的曲子從流行歌到西洋老歌、經典爵士，還有團員的自創曲，五花八門。總之，不管演奏的是什麼，其實也並非沒有學園祭之類的發表機會，但到頭來他們還是一直在只有自己人的地方持續演奏，畢業之後也自然不再聚集。

同學們畢業後有人繼續升學、有人重考，也有人選擇上專門學校、找工作，或者當打工族，或什麼也不幹，每一種的人數都差不多。每年也都有差不多人數中途退學或留級。美之屬於什麼也不幹的這一群，但是這些什麼也不幹的人並不是真的什麼事都沒有做，雖然比不上打工族，不過還是偶爾會打打工、種種花草，也會畫畫讀書。

美之高中畢業那年夏天，從橫濱自家一個人搬到埼玉鄉下的外公家，他這番主動的行為卻讓人摸不著動機或意義。

不論對父母親和知花這些家人，還有要同住的外公來說，這都是出乎意料的提議。他們從小就會在寒暑假到母親的娘家玩，但除此之外跟外公外婆算不上親。

美之突然打電話給外公，問能不能去住。外婆六年前已經過世，在那之後外公一直一個人住在這屋子裡。跟小時候相比，了解彼此近況的機會理論上來說更少，也不知道多少年沒見面了，但外公聽到外孫的要求卻二話不說地點頭答應。外公不可能不記得國中時期美之不去上學這件事，這個被視為「問題少年」的外孫，外公當時究竟帶著什麼樣的心情迎接他來家裡？而父母親又是帶著什麼樣的心情送他走？更重要的是，美之到底出於什麼理由想搬到外公獨居的家去住？

至少在當時才九歲的知花眼中，哥哥離家大概就是大家一般所謂的獨立。但另一方面，不知從什麼時候開始，她隱約知道哥哥跟一般高中生有點不一樣，也知道在許多用「問題少年」來形容哥哥的人口中，那「問題」代表著什麼含義。

在那之後的八年，祖孫兩人在這個家裡的生活沒什麼人清楚，就連父母親也不知道美之平時怎麼過日子。他們當然企圖打聽過，可是不管打電話、直接過去，美之都幾乎不離開院子的組合屋。外公說，他平時會離開組合屋，進出家裡，碰到面也會聊兩句。想想他不去上學的國中時期或者搬到橫濱之後的高中時期，待在家裡的美之也並沒有完全躲在自己房間，跟家人見了面一樣會正常對話。可是這所謂的正常對話到底是什麼？對話中交換著什麼樣的心情、什麼樣的話語？父親憲司和母親多惠都已經記不起來，以前都跟兒子說了些什麼？現在能想起的都是幼年時期的親密接觸，從某個時期開始，跟兒子之間的交流好像能想起來，又好像完全想不起來。就連到什麼時候為止想得起來，從什麼時候開始想不起來，都難以劃出界線。

哥哥離家時知花才九歲，在她心裡跟哥哥一起的生活、跟哥哥之間的關係，都只是自己的兒時記憶。大概是因為這樣吧，雖然記得的不多，卻有幾件跟哥哥的回憶清楚留在腦中，這些記憶都只留在知花心裡，她從來也沒告訴過父母親。應該說，她雖然記得很清楚，但那只是一幅腦中明晰的光景，情況本身很難說明。

第一個想起的是在橫濱家中客廳，只有美之跟知花兩個人在家時發生的事。知花坐在地上，正翻看著雜誌附錄之類的東西，忽然望向躺在沙發上的美之，美之也正看著知花。不知道是因為這四目相對的瞬間實在太短，還是兩個人呼吸什麼的剛好同步，她產生一種奇妙但篤定的感覺，一種跟哥哥之間的一體感，或者說合一感。現在我們兩個人正在想一樣的事，不只想的事一樣，我們兩個人一起、共同在思考同一件事。當然沒有任何人追問過這件事，不過當時知花心想，所謂血脈相連的兄妹一定都感受過這種瞬間吧。美之在眼神交會那一瞬間後馬上別開眼睛，轉向天花板，合一感立刻消失，兩人又開始各自在房裡做著自己的事。

兄妹的合一感？那什麼？不太妙吧？不會有點色色的嗎？

知花曾經跟國中的摯友佳織說過這件事，當時佳織是這麼回的。

其實如果知花聽別人說起這種狀況，或許也會說出一樣的話，但自己記憶中那個瞬間顯得極其純粹，無關乎是不是兄妹，而是一個人跟另一個人偶然共享的特別瞬間，而這種感覺竟然從九歲那時一直延續至今不變，也挺驚人的。這種體驗很難確切說明，也不知該怎麼形容才好，知花覺得，那說不定就是所謂幸福的原型。這種事要怎麼對其他人說明呢？這一點也沒有不太妙，也不色，但除了不太妙跟色色的之外似乎也沒有更好的說法。

那個瞬間很難忘，一想到哥哥，第一個會想起的就是那個瞬間，大概是因為這樣反覆回想，或者是因為那個瞬間的特別，回憶中那個光景總是出奇地鮮明，而且並不是整段回憶都一樣鮮明，而是在一段模糊流動的故事當中，倏忽出現一段比現在視野中其他東西更加清晰、輪廓更濃的部分和瞬間，吸引了目光。那到底是看著此時的眼，還是當時那個瞬間的眼，自己也分不出來。

聽著電話那一頭哥哥的聲音，知花離開院子經過擺放花圈鋪著砂礫的前院，來到集會所前的馬路上。不參加守夜的哥哥現在在家——應該說在自己那間組合屋裡——做什麼呢？他回道，正在喝酒。

組合屋沒牽瓦斯管，要用瓦斯爐烹調得穿過院子到家裡廚房。熱水的話，小屋裡有電熱水壺，自來水屋外才有，但就在組合屋旁邊，另外也有水井。

這裡還是倉庫時原本就有一臺冰箱，裡面有啤酒跟每週騎腳踏車十分鐘左右路程去超市買回來的食材。食材很少生鮮，都是包裝好的現成小菜跟醃菜，再來多半是豆腐、魚板等不煮也能吃的東西。但也不是完全沒買肉跟蔬菜，只是把需要烹調的東西放在家裡的廚房，通常一天會進廚房煮一次東西。不是出於義務，只是單純要自己下廚。

直到屋主外公三個月前住院為止，已經有好幾年都是由哥哥負責煮給兩個人吃。哥哥有時會在自己房間吃，但是在家裡起居室一起用餐也不是特別稀罕的事。

哥哥上的那間橫濱郊區高中，有很多學生國中時不去學校，哥哥畢業後沒升學也沒找工作，繼續在外公家跟他兩個人一起生活，知道這件事的人會覺得哥哥就是所謂的「繭居族」，但哥哥並沒有那麼積極地繭居。

非但如此，知花最近慢慢發現，他比自己或者父母親所想像的更有活動力。上高中後父母親准許她用手機，所以她才能像這樣偶爾跟哥哥通電話。

她很少跟周圍的朋友詳細提起哥哥的事，不過，跟年紀差距大的哥哥一個月裡有好幾次會講很久的電話，好像什麼話題都能聊，有些身邊好友聽說了這件事後還會覺得羨慕。知花也因為跟哥哥之間這層關係，感到有點驕傲，但是她並沒有告訴朋友哥哥沒在工作，假如有人問起，她打算回答哥哥離家在埼玉工作，不過朋友中沒人對這個問題感興趣。

跟哥哥通電話，講的多半是自己在學校裡的瑣碎小事，不會聊太深，不深入的綿長話題就這樣有一搭沒一搭地持續。知花很喜歡跟哥哥之間這種沒什麼意義的通話，不斷說著很快就會從記憶中、從這個世間的事實中消失的話題，只有長度一直延伸。

哥哥只有在父母親或親戚來的時候才會覺得煩、躲進組合屋裡。其實他並不討厭父母親或親戚，只是不喜歡被大家追問這個那個，說得更正確一點，他知道當別人開始追問打探時自己根本無法回應，也就不想特意出去受這個罪。雖然沒對哥哥說過，但知花深信，對於始終無法跟父母親之間建立起親密關係的哥哥來說，自己應該是他唯一能感到親近的血親，這對父母親來說應該也是一種寬慰吧。

妳幾歲啦？

美之一邊開口問妹妹，也同時想到自己的年紀，雖然不是每次打電話都問，但是在兄妹之間美之問知花年齡的頻率也未免太頻繁。

十七。

那我應該二十七了吧。

聽著電話那一頭喝酒、嘖嘖咀嚼東西的聲音，知花想著橫在自己跟哥哥之間的這十年時間。哥哥背負的某些東西貼附在這段時間上。那十年的時間，幾乎都是哥哥的。哥哥看著知花、回望自己。由這樣的連續形成的十年，這就是美之和知花之間持續的十年時光。我們只是姑且將它稱之為時間，說不定那是完全不同的存在。

知花。

幹麼？

可不可以幫我帶一點守夜宴席的菜過來？

為什麼要叫我去啦。知花腦中馬上浮現出這句抱怨，不過這裡浮現出的只是一般回話的形式，並不是知花拿來回答哥哥的話。我才不會那樣回答呢，她腦中緊接著浮現帶著類似自我陶醉式感慨的否定。她回了聲好，內心不斷地重複，好啊——好啊——哥——。與其說她喜歡哥哥，其實她喜歡的是想著哥哥時的自己。不過，她不覺得自己會永遠這樣想，也許有一天不會再這樣。

從集會所往河那邊走在黑暗馬路上的知花調了頭。一輛汽車從集會所開出來，朝向這裡。車燈炫目刺眼。慢慢來到附近，她隔著車窗看到駕駛座上的奈奈繪和前座上的一日出。

奈奈繪把車停在知花身邊，搖下車窗。啊，真的是知花。在幹麼？這麼暗很危險呢。

不會啦。你們要去哪？

知花看看車內，除了前座的一日出，後座還有春壽和勝行，春壽說，洗澡洗澡。

洗澡？

今天輪到我們守夜，趁現在先去洗澡。

知花，要不要一起去？還能載一個人。

喔，不用了。奈奈繪舅媽也去洗澡嗎？

嗯，我沒有要過夜，但反正都去了就順便。聽說是溫泉呢。

又來了一輛車，跟在奈奈繪車後面。駕駛座上是紗重。丹尼爾坐在前座，抱著秀斗。

那我們走囉，奈奈繪把車開走，緊跟著她前進的紗重也把車停在知花身邊。紗重打開車窗，一樣問知花，在做什麼？

打電話。紗重姊你們也去洗澡嗎？

對啊。我是還好，但是大家都喝了酒，沒人能開車。知花要去嗎？

不用不用。結束這段跟剛剛一模一樣的對話，知花看著前座的秀斗叫道，小秀。小秀也要去洗澡嗎。

我很想讓他睡了，但是丹尼爾説他也想去。

也好啊，難得嘛，平常又沒什麼機會來。三、三、三代……，後座有點醉意的話出自勝行的嘴，旁邊是知花的父親憲司。

知花心想，勝行姨丈不是坐在剛剛那輛車裡嗎？不過眼前確實是勝行沒錯，看來剛剛應該是其他親戚、自己誤認了吧，三代一起泡溫泉，勝行還繼續往下説，知花對他們説，慢走喔。

這不是很開心嗎？對吧，丹尼──。

在跟誰講電話？紗重壓低了聲音，只有知花聽得到。男朋友？

知花沒説話只是搖搖頭，她問勝行身旁的憲司，媽他們還在吧？憲司囉囉唆唆地説起今天男丁得徹夜守著火燭，現在要去的附近的澡堂，那邊有溫泉，風評不錯，但是營業時間只到晚上九點。父親說的話很迂迴，說話方式又慢吞吞的，讓人聽了很不耐煩。

已經八點五十分了喔，知花看看車裡的鐘告訴他們，紗重說，剛剛已經打過電話請澡堂稍微延長一點時間。那裡外公也很常去，對方知道我們今天晚上守夜。

喔喔。

我看是因為那個吧。憲司又慢吞吞地插了話。家裡辦喪事，讓我們跟其他客人一起不太好……是不是這種習俗啊……。

知花內心覺得，別管那麼多了你們就快去吧，她裝作沒聽到一直在說話的憲司，問紗重，喝醉的人可以泡澡嗎？

就是說啊。

丹尼爾你今天也一起守夜嗎？她隔著紗重問旁邊的丹尼爾，丹尼爾回答，對啊！但紗重篤定地說，才不是！我們要回去。本來是要回去的，但是他現在說也想留下來過夜。

丹尼一起住下來很好啊。後座的勝行這麼說，憲司也在旁邊點頭，嗯嗯。

才不好呢。紗重皺著眉頭碎念，接著對知花說，那我走囉。小心點。知花揮揮手，紗重沒發動，再次開口，不是我要說，明明是守夜卻去洗溫泉，不覺得有點奇怪嗎？又不是旅行。

也對。喝酒、泡溫泉，根本就像旅行一樣。

對吧。不過丹尼爾說過，在墨西哥辦喪事就像辦祭典一樣。

墨西哥。

墨西哥不是治安很差、天天有人死嗎？儘管這樣還是把喪禮辦得跟祭典一樣？

丹尼爾說，就算悲傷，也要好好地祭奠悲傷。

但這裡又不是墨西哥。

嗯。

而且丹尼爾也沒去過墨西哥。也好啦，比起大家哭哭啼啼的，還不如像這樣滑稽有趣。掰囉。紗重開了車。車尾燈在前往河那邊的路上漸漸遠去，在狹窄的彎道轉彎，在下到河邊的坡道前亮起紅色煞車燈，車子往左轉，逐漸看不見。紅色車燈應該是紗重踩下煞車時亮起的。燈光會像這樣，因為活著的某個人的行為而有所反應。比方說那顆星星也是，知花仰望夜空，隨便盯著一顆星星，將緊貼在屁股後的手機再次放到嘴邊。三代一起泡溫泉，挺開心的啊。她模仿剛剛勝行姨丈的語氣說著。

勝行姨丈啊。

本來以為電話已經掛了，但哥哥在電話那頭這麼說。嘴裡不知道在嚼著什麼。

他們說要去洗澡。

喔喔，是去健康樂園吧。

我也不知道。

健康樂園啊，車站對面那個。

知花心想，今後爸有可能跟哥哥，還有哥哥的小孩，三代一起泡溫泉嗎？還有，爸今天、今後從旁邊看著勝行姨丈擁有的那些標準的幸福，心裡又會怎麼想呢？以後哥哥有可能讓爸嘗到孩子這種孝行嗎？

今天跟學校請了喪假，早上搭憲司開的車兩個人一起離開橫濱，花了兩個小時左右來到外公家。聽到哥哥說不參加守夜時，知花一點也不覺得驚訝。

如果他說要參加，知花可能反而比較驚訝。雖然完全不知道哥哥在想什麼，不過很奇怪的，知花就是知道哥哥會怎麼做。小時候四目相對的一瞬間就感受到跟哥哥合而為一那故事完全是假的，有點像是知花為了解釋為什麼自己能預測哥哥所有行為、實際上哥哥也都確實這麼做而想出的經驗談。雖然說能夠預測，也並不是在事前準確預言，只是例如聽說哥哥要住外公家，或者說不想參加守夜時，她發現自己知道哥哥會這麼做。如果有人要反駁說這不算預測或許也沒錯，但她強烈地覺得自己知道，所以一點也不覺得自己這不是「預測」。哥哥以後會不會結婚、生孩子、抱著他的孩子跟爸一起洗澡，知花不知道也不懂，不過，知花依然可以篤定地說，自己看得見那個未來。就很像那個、那叫什麼來著？比方說上課時覺得咦？這好像在哪看過？

既視感？

啊，對。搶在那之前一步。既視感的預先準備。

昨天上午接到外公病危的通知，母親多惠接獲聯絡後搭電車前往娘家，趕在傍晚見到最後一面。知花上課時收到病危通知的簡訊，外公過世的消息則是下課後接到父親的電話通知。父親本來說可能當天就要前往埼玉外公家，但她回家把換洗衣服收進包包待命後父親回到家，說明天才開始守夜，所以明天一早再過去。

那天晚上，大家各自在不同地方想著現在確實已經過世的外公。知花和父親都有種度過特別日子的心情，知花主動表示要負責煮晚餐，明明平常從沒做過這種事。她用冰箱裡剩下的食材做了野菇義大利麵。

這是香蒜什麼？

香蒜辣椒義大利麵。

香蒜辣椒義大利麵啊，聽是聽過。好多菇類喔，鴻喜菇，還有、這是杏鮑菇嗎？

杏鮑菇。但一般是不會放的。

什麼？

通常香蒜辣椒義大利麵裡不會放菇類。

那天晚上知花泡在浴缸裡想著，在外公死的這天，自己跟父親進行過這麼一段可有可無的對話。這些確實存在但可有可無的事，會如何留在這世界上呢？或者，連這些事的可有可無都會被遺忘，總有一天完完全全地消失？肌膚還有肌膚內側感受到的熱水溫度，這熱度、這溫暖，外公的身體都已經感覺不到了，知花看著透明的洗澡水這麼想著，走出浴室進了被窩裡，腦子裡依然想著剛剛的對話。

之後每當知花將燙好的義大利麵移到裝了醬汁和食材的鍋裡拌勻時，總會想起這段對話。就算不是菇類、不是香蒜辣椒義大利麵，也一樣會想起，香蒜？父親那笨拙的問題，還有十七歲的自己像教小孩一樣對父親說話的樣子，不會放菇類，在外公過世這天兩人之間的對話。

知花開始想，有一天父親過世時，自己應該也會想起這段對話，但到時候手裡如果沒有拿著裝了義大利麵的鍋，真能想起那段對話嗎？

爸如果死了，可以把平底鍋放進棺材裡嗎？

啊？幹麼要放什麼平底鍋？不要啦。

有什麼關係。

不行，平底鍋燒不掉，到時候身體燒光了，骨灰裡只剩下平底鍋看起來不是很蠢嗎。

哈哈。知花笑著說，那放義大利麵好了。她暗自在心裡想，不如用平底鍋來炒爸爸的遺骨吧。

跟外公一起住了八年，跟他距離最近、現在人也還健在的哥哥是怎麼接受外公的死？這天知花完全沒想過這個問題，因為她覺得不需要刻意去想，這種事總有一天自然而然會懂，哥哥想什麼、做什麼，這些總有一天都會懂。所以現在去思考、深慮，好像都沒什麼意義，只要將來發生時會覺得似曾相識也就行了，也就夠了。

知花睡不著，離開床來到陰暗的客廳，從冰箱拿出罐裝啤酒，坐在沙發上喝。隱約可以聽到寢室裡父親的鼾聲。

畢竟還是高中生，並不習慣喝酒，也不是完全沒喝過。她不太喜歡喝啤酒，不過這時候啤酒很適合身體。從喉嚨到肚子、再到頭。碳酸之後有些微苦，可以感覺到酒精隨之徹底滲透全身。

房間牆壁發出「啪」地一聲。這單一聲響、沒有其他持續的聲音無法解釋為外公的什麼，但是比方說那顆星，已經來到集會所庭院的知花仰望天空隨便找了一顆星星，沒有人能證明那顆現在正在發亮的星星是外公生前的什麼，但又怎麼能阻止有人可能有這種想法呢？

嗯。

跟哥哥的通話通常都是哥哥肯定著知花的突發奇想或者想像，知花漸漸不知道，哪些是電話內容、哪些是自己腦中的世界。自己真的打了電話嗎？哥哥真的在電話那頭嗎？一切都變得可疑。可能一切都是知花在腦內自言自語，假想出一個虛擬的談話對象。而一切都消失了，聲音、語言，在哪裡都一點不剩，那裡、這裡，全都不留。等到哥哥跟自己都死了，就再也沒有人知道是不是真的有過這些對話，哥哥似乎成了好幾年沒見的人。

知花掛斷電話，在集會所入口脫下樂福鞋走向宴會廳，穿過人數稍微變少的醉客之間，確認菜餚剩下不少，但一時不知該怎麼把這些東西帶到哥哥那兒，她先離開宴會廳，走到茶水間找找有沒有保鮮盒，結果發現涼太倒在滾落許多水果調酒空罐的地上。

6

九點多的健康樂園客人還不少，看來並不是因為今天守夜所以刻意延長了營業時間。健康樂園方面似乎也沒有憲司所說避開服喪客人的意圖，不過一大群身穿喪服的人忽然出現在入口，健康樂園的大廳頓時呈現一股異樣氣氛。

啊，是服部家的人吧。櫃臺的中年女人說道。你們剛剛打過電話來。

這麼晚來真不好意思。

不會啦，本來到九點，稍微晚一點沒關係的，老人家的事真是遺憾，他之前也很常來呢。

紗重帶秀斗進女湯。春壽、一日出、勝行、憲司、丹尼爾這五人各自在脫衣處脫掉衣服，拿著自備的毛巾進了浴室。

浴場裡除了他們以外還有其他六個先到的客人。空間並不是太寬敞，五個人一口氣進來立刻覺得擁擠。牆邊剛好排著五個沖澡處，春壽他們坐在那裡開始洗頭洗澡。

浴池在屋內有一處，另外隔著玻璃窗有個露天浴池。室內浴池已經有三個人泡澡，露天浴池有兩個人。另一個人躺在露天岩石浴池旁的岩石上睡死了。

室內浴池這三人當中有兩個年輕男人並肩泡著澡。肩膀和上臂壯碩，臉晒得黝黑，兩人都留著染成褐色的長髮，好像在聊工作的事。雖然聽不懂細節和專業術語，但聽到工期、基礎之類的字眼，應該跟工程有關。

另一個是禿頂中年男子，在浴池裡將身體伸展成大字型、閉著眼睛。

沖澡處五人的背影各有千秋，搭配上他們洗澡的順序和動作，各自的特徵就更明顯。

最引人注目的是坐在入口附近右邊的丹尼爾，只有他一個人背後膚色白皙，又是一頭金髮，肩膀和後背都比其他四個人大一圈。隔著浴場內蒸騰水氣看著他的後面時並沒有感到壓迫感或者異樣，反而覺得親切，大概是因為不管洗頭或者用沐浴乳洗身體，他那種優雅甚至有點娘娘腔的纖細動作與龐大身軀之間的反差吧。他上半身壯碩但腰和臀部卻小，也更加深了這種印象。

他旁邊是憲司，再旁邊是勝行。長相相似的這兩個人背影也很像，沒有血緣關係卻如此神似，這些常提老調並不只因為兩人五官形狀，或許也跟身高胖瘦等體型上的類似有關。不過雖然身材大小相仿、背後形狀類似，但兩個人頭髮和身體的洗法卻很明顯完全不同。憲司將自備的毛巾放在水龍頭上，用手將浴場裡的沐浴乳搓起泡後，直接用手掌塗抹身體。手臂、肩膀、背後、臀部、腳和雙手，逐一清洗，身體上沒怎麼起泡，他又壓了幾下沐浴乳壓頭，用這個開始清洗頭髮和臉。全身洗完後用水桶裡蓄的熱水從頭淋下兩三次。

至於他身邊的勝行，不管洗頭洗身體都很快、很隨便。頭髮幾乎只抹了一圈洗髮精，還沒來得及搓起泡就馬上沖掉，身體也幾乎沒用沐浴乳，毛巾抹了一遍身體後一樣馬上拿蓮蓬頭沖，沒兩下就站起來拍了一下屁股進浴池。

五人當中只有一日出和春壽兩個是有血緣關係的親兄弟，但是長男春壽和么兒一日出相差十六歲。一日出平時就愛運動，體態很結實，今年四十四了但看起來更年輕。而年近花甲的春壽雖然不至於胖，但是身體各處都垂沓著多餘的贅肉，長著明顯雀斑黑斑的後背遠遠望去有明顯的老態。清洗身體的動作上一日出顯得輕盈快速，而春壽大概是醉了，一直拖拖拉拉用毛巾擦著同一塊地方。

「啪！」一拍手聲響遍整個浴場。隔著一堵沒封死、跟天花板間留有縫隙的牆，對面就是女湯，聲音是從那裡傳來的。又響了一次。啪！爸！是秀斗的聲音，丹尼爾從沖澡處回應他，怎麼了？

他的話聲聽在其他不知道他日文很好的客人耳裡有點英文味道，接著他對著牆上那縫隙繼續說，小秀，有沒有好好洗身體啊？

他這麼做有幾分刻意，在這種公共場合最好盡快不經意地讓別人知道自己懂日文。如果安靜不作聲讓別人以為自己不會日文，可能會說出針對自己的意外分析或感想，明明雙方都沒有惡意，但往往之後都會因此覺得尷尬。至少住在國外的人對這種體悟都會有共鳴，丹尼爾相當害怕那種偶爾會遇到的難堪。也並不是說有過什麼不悅的經驗，總之他很害怕難堪的感覺。

聽到丹尼爾的回答，背靠室內浴池內噴射水柱的勝行一臉愕然。因為事到如今他終於發現，剛剛自己還說起丹尼爾和秀斗還有自己三代泡在同一池熱水的喜悅，但秀斗卻跟著紗重到女湯去了。

我——會——洗！牆壁另一端傳來秀斗的聲音，聽著秀斗之後緊接而來的笑聲，勝行泡得暈乎乎的腦袋心想，真是失策。

憲司進了浴池，來到勝行身邊，問道，幾歲了？勝行回答，五十六了。

不是啦，問你孫子。

喔，今年三歲。

一日出向兩個人使了個眼色，逕自從沖澡處走向露天浴池。

春壽洗完身體也沒進室內浴池，直接走到戶外。

結果最後一個離開沖澡處的丹尼爾將疊成四等份的毛巾放在頭上，單手遮著身前走向浴池，朝著牆上那道縫叫，小秀，你是男孩子為什麼進女湯！為什麼！

但女湯那頭沒有回音，看來秀斗也到露天浴池去了。丹尼爾不知該怎麼面對自己發出的徒然問話聲，臉上又是尷尬又像笑，小聲說著「打擾了」，從勝行和憲司旁邊進了浴池。喔，水還挺燙的。

五個沖澡處已經都沒有人，剛剛五個人用過的小椅凳一字排開，一日出和丹尼爾坐過的位置椅凳上擺著翻過來的水桶。

真懂規矩。

憲司說著，也不是刻意說給勝行或丹尼爾聽的。丹尼爾說，因為以前學過洗完應該這麼做。

懂事懂事，這樣很正確。勝行和憲司異口同聲地說。

有了個好女婿、好兒子呢，是吧？憲司對勝行說。勝行曖昧地回了個笑容。丹尼爾聽懂了這段對話的語意，臉上露出夾雜著害臊跟驕傲的謙虛表情。

剛剛知花的想法如果傳到這裡，或許可以從憲司話裡看出對勝行的羨慕，以及對兒子美之的複雜情感。但憲司可能壓根沒別的意思，他說了聲「那我也出去了」，離開浴池，走向戶外露天浴場。禿頭中年和年輕二人組已經離開了，牆上的時鐘顯示已經過了九點十五，室內浴池裡只剩下勝行和丹尼爾。

浴池跟地板，還有牆壁到中段為止都是仿石設計，牆壁上段貼著深藍色磁磚。與女湯連通的牆壁上方空隙部分的天花板上，裝設了跨越男湯女湯的長條形日光燈。沖澡處上也裝了幾顆球型燈，但浴場內整體光量微弱，也因為牆壁顏色深沉的關係，顯得陰暗。

十月這個時候外面氣溫還不算太低，浴場裡的空氣也不冷，所以沒什麼水蒸氣。除了泡在浴池裡的兩人以外沒有其他人，安靜下來後水蒸氣從兩個人的視野中消失，眼前一片清明。

勝行望向什麼也沒有的正面，他視線前方是沖澡處，但是他並沒有在看沖澡處。視野中確實是以沖澡處為中心的浴室光景，但那只是映在勝行眼裡的景象，現在沒有人在觀看這幅光景，勝行就像水蒸氣一樣擴散到整個浴場，從牆壁上方窺看已經空無一人的女湯，穿出玻璃窗到外面去，就這樣裸身在夜空裡往上攀升。外面的空氣有點溫、帶著濕度，赤裸著身體也不覺得冷，可能因為醉了，冷熱的感覺都變得遲鈍。本來也就是距離地面只有幾十公尺的低空飛行，這算是飛行、還是浮游呢？不，或許只能歸類於單純的妄想，如果安安靜靜什麼也不說，看上去就只是呆呆出神泡在浴池裡。

俯瞰的街景中有林子、農地，和星星點點的房屋，大大小小的道路穿插在這之間。寬闊的河川蛇行，處處形成輪廓粗糙的沙洲，將土地一分為二。勝行正在尋找俯瞰這個並非自己生長城市的最佳高度，來來回回調整微妙的升降高度。也不知為什麼，只有性器老老實實依照重力定律直直往下垂、隨風搖擺。往兩邊張開的雙手無意義地在空中掙扎，抓住些微帶有壓力的空氣，又放開來。

丹尼爾看著波動起伏的浴池表面還有自己和勝行隔著透明熱水看來微微晃動的下半身。他想起自己竟忘記今天是妻子外公的喪禮。他並不知道以日本來說，在這種守夜的日子親人沒顯得太悲哀而來泡溫泉，究竟是不是一種普通的現象。姑且不說自己，今天可是正在屋外浴池的春壽和一日出親生父親的喪禮。對身邊的勝行來說，故人是自己的岳父，日文裡稱為「義理上的父親」，但是這樣的稱謂只會用在父母和手足，丹尼爾覺得很有趣。

這兩個字到底包含了什麼樣的情感和距離感呢？對丹尼爾來說，勝行是義理上的父親，吉美是義理上的母親。紗重是妻子，不是義理上的妻子，就是妻子。不過想著想著，丹尼爾愈來愈覺得跟妻子紗重之間反而才有深厚的義理之情。

喔，原來如此。因為跟妻子之間的這種感情，才能讓自己去假想，把沒有直接關係的紗重父母親當成自己的父母。不只父母，紗重的外公，還有舅舅、阿姨、表兄弟姊妹也一樣。紗重是獨生女，所以丹尼爾沒有義理上的兄弟姊妹，如果有，應該也會把對方當成自己手足吧，能這樣就好了。丹尼爾長三歲的姊姊人在美國，她很早就結婚了，所以姊夫對自己來說算是義理上的哥哥，可是過去自己從沒有把姊夫當成自己的哥哥，只覺得是姊姊的配偶，這可能是因為姊姊跟丈夫之間的義理，並沒有直接影響到自己的緣故。在姊夫眼中自己可能更親密吧，因為不覺得對姊姊有義理，對姊夫也感覺不到義理。這樣想是不是太多大道理了？

丹尼爾發現，自己想著這些時一直盯著浴池裡勝行平凡無奇、一動也不動的下體，慌張地別過視線。丹尼爾成長過程中並沒有浸泡在浴池的習慣，他對在公共浴場中赤裸身體泡在同一池熱水中這種行為，至今仍有種抗拒，覺得不適應，但也並不討厭。這種抗拒中甚至帶有些許快感，他喜歡溫泉也喜歡大眾澡堂，可是每當泡在浴池裡，就會更清楚地意識到自己是外國人，跟周圍泡在同一個浴池裡的日本人有些不同。

但是另一方面，長期住在日本，接觸許多日本朋友，又跟伴侶紗重一起生活的丹尼爾心裡也同時確信，自己身為一個外國人所感受到的，到頭來剝除了表皮，其實本質上跟日本人所感受到的應該沒什麼兩樣。他並不能為這種說法提供什麼佐證，只能從經驗上這麼說。「表皮」只是一種大略的形容，要剝除並不容易，但只要掌握訣竅其實沒那麼困難。

爸。丹尼爾叫了勝行，之前只是依照一般習慣這麼稱呼，現在再次說出前面得冠上「義理上」的這個稱呼，對丹尼爾來說意義與以往完全不同。爸，你對媽會感到有義理嗎？

義理？勝行一臉困惑，喃喃說道，義理啊……「義理是嗎……」一邊說，一邊看著半空。

浴池邊有個龍頭雕刻，龍口裡源源不斷地往浴池吐出熱水，嘩啦啦啦啦，在這對話夾縫之間，響遍浴場的水聲終於在他們的聽覺裡成為前景，讓他們更清楚地意識到，在這只有他們兩人的浴室裡並沒有其他聲音。

這問題還真有意思。義理、義理啊，就是啊，到底有沒有感受到義理呢？

還是感覺到了嗎？

嗯，我覺得應該有。說完後勝行的兩邊嘴角下凹，嘴往前噘，安靜了一會兒，在浴池裡轉向丹尼爾，說道，你剛剛說「感覺到」，這表示你很敏銳，認為義理是用感覺的這一點，很難得。

丹尼爾起初不明白這話的意思，過了一陣子才發出微小但尖銳的聲音「啊！」所以我們不說「感覺到義理？」

不說。也不是錯，但我們不太這麼說。那通常怎麼說？勝行一時想不起來，用他泡得脹暈的腦袋想了一會兒才想到，盡到義理。

盡到義理？

對，盡義理。

喔喔，好像聽過。原來要用「盡到」啊。

丹尼爾隱約懂得這含義，這麼一來他可以理解為什麼義理向來不被視為一份情感，而會基於彼此的關係而自動產生，他輕聲說了一句，義理人情。

醉意和濕熱讓勝行懶得繼續思考。丹尼爾，我們也去外面走吧？走吧。

7

浩輝和涼太的父親寬沒有出席今晚的葬禮。他五年前就下落不明。兩個人的母親、寬的前妻理惠子在八年前離婚後就聯絡不上，兩個孩子在寬消失之後住在爺爺春壽家。

寬的人間蒸發有很多預警和前兆，所以他消失後有好一段時間沒人發現，知道他好像不見了也沒人覺得太驚訝，過去他經常一兩天沒回家也沒聯絡。

父親離開後，當時分別是八歲和七歲的浩輝跟涼太兩個人繼續在一家三口位於板橋的公寓裡生活了一星期左右，他們照常上學，晚上吃杯麵之類的食物果腹。父親在抽屜裡放了一千圓，說是萬一有事可以用這些錢。之前父親好幾天沒回來時兄弟倆也曾經用這些錢去買過吃的，這次父親消失時家裡食物也沒了，他們又自己去附近便利商店買了杯麵，不過父親以前頂多兩天左右就會回來，這次過了五天還是沒回來。買東西的錢沒了，浩輝開始覺得害怕，那天晚上打電話給祖父春壽，這才告訴他寬消失的事。

不管什麼工作都做不長久，親戚裡沒人沒被他借過錢，親戚之外借錢的對象更是多到數不清。比起三餐，他嗜賭，更愛喝酒，喝醉了之後脾氣極端暴躁，一生起氣來就會動粗，沒人勸得住。愛玩女人，就算沒喝醉也很粗暴，不管女人孩子都可能被他拳打腳踢。可是他幾乎沒有不醉的時候，那已經算酒精中毒了啊。何止酒精中毒，根本成癮了，你看他眼神多詭異，一看就知道。生性浪費，明明沒錢還老是愛買貴的東西，而且淨是些太陽眼鏡、戒指、項鍊等裝飾品或者電吉他、室內用重訓器材還是高級吸塵器等非必需品。而且那傢伙根本不會彈吉他，甚至還說要買車，沒錢還想買進口跑車？十幾歲起就開遍騎遍各種汽車機車，都不知肇事幾次，駕照早就被吊銷，竟然還想買車？

綜合親戚們的評語，他就是這麼個男人，活得荒唐隨便。這些都不假，但也都只是寬的其中一面。他沒有買吉他，沒有買車，駕照也沒被吊銷，寬是個更平凡的慈祥父親。

心情好的時候會搔浩輝和涼太癢，把他們抱高高逗笑，而且玩很久都不停，兩個孩子都笑到肚子痛。週末會帶浩輝和涼太出去玩，會說好笑的話逗孩子笑。有時候會特地留一天寵浩輝，帶浩輝去他想去的地方、吃他想吃的東西。這時也會帶涼太一起去，偶爾也聽聽涼太的心願。孩子做錯事他會很生氣，但原諒孩子時他會用力地摸摸孩子的頭，浩輝和涼太都很喜歡他這樣，覺得爸爸很可靠。喝了酒有時候確實會亂來，但是不亂來的時候總是那麼開心，表情開朗，笑聲不斷。一般父親不會說的黃色話題、不該說的話，他都會偷偷說給孩子聽。他有寬厚的肩膀跟後背，抱著剛剛好滿懷。他比任何一個朋友的爸爸都更溫柔。每個爸爸應該都很慈祥，薪水比寬高、比寬更聰明，也不會被身邊的人批評，但是整體看起來，孩子們心目中寬是個很不錯的爸爸。

浩輝和涼太回想起寬的好，會因為想念他而哭，但是從不讓彼此看到自己的眼淚。雖然沒有任何約定或規矩，可是兩人之間暗自決定不讓兄弟看到哭的樣子。兩個人似乎都隱約知道寬有一天會消失，即使知道爸爸可能再也不會回來，他們也不驚訝，只是平靜地接受這個事實，就樣三年前母親消失時一樣。

兩個孩子由寬全權扶養，離婚後雖然完全沒有聯絡，不過春壽知道浩輝他們生母理惠子的聯絡方式，猶豫了很久，他心想，寬也有可能去找理惠子，遂鼓起勇氣打了電話給理惠子，但那個電話號碼已經停用。明知希望渺茫，他還是依照之前聽說的住址去了一趟，但現在公寓裡住著一個耳朵重聽的老人，說他不認識理惠子。

春壽和妻子美津子將孫子浩輝和涼太接到浦和自家同住。春壽在國中教社會科，隔年起藉此機會申請調職到時間負擔較輕的市教育委員會，浩輝和涼太從板橋轉學到浦和的小學。

不管是新學校或者跟祖父母的生活，他們都出乎意料適應得很快，親戚們從旁看了一方面放心，一方面也經常覺得不忍。大家你一句我一句地說，大概是因為從來沒好好體驗過溫暖家庭的氣氛跟父母的愛，所以不管任何狀況都能堅韌面對，但他們兩個並非不知道什麼是溫暖家庭的氣氛還有父母的愛，他們只不過是覺得新城市、在祖父母家的生活、新學校都很新鮮有趣。而父母不在身邊的寂寞無關乎這些情緒，每天晚上都會侵襲棉被中的兩人。但沒有人知道他們每天必經的這段時間，大家都自以為是地擅自揣測。

浩輝和涼太雖然都沒讓對方看過自己掉眼淚，但卻聽過不少次彼此躲在棉被裡吸鼻子的聲音。他們隨時都能想起那個聲音，想必將來長大成人之後也不會忘記。

兄弟兩人共用一間五坪左右的房間，這是以前寬和弟弟崇志用過的房間。抽屜櫃上有貼紙貼了又撕的斑駁痕跡，還有不少塗鴉跟刮痕，這是寬他們小時候用過的櫃子，裡面放著文具和玩具。原本鮮亮的藍地毯，現在因為日晒和髒汙已經看不出本來的顏色。當浩輝知道這塊地毯從寬以前用這間房間時就在，他忽然覺得很靠近父親的孩提時期，心裡一陣慌。一想到父親可能也曾經在這房間裡跟現在的自己看著一樣的景色、想著一樣的事，那個瞬間，自己出生之前的時間彷彿突然逼近眼前，一股不祥預感湧上心頭。但那為什麼不祥呢？就算不值得高興，想到父親的少年時代，為什麼是不祥的事呢？

親戚們大概會說，你們倆應該最清楚吧，你們的父親將來會很不幸，他的不幸也會把你們牽連進去，可是他們所謂的不幸，到底指的是自己身上的什麼？浩輝和涼太都一點也不懂。或者，只是自己不知道，其實那種不祥預感本身就是他們口中所謂不幸的實體？不、不是這樣，有人企圖把父親和我們綑綁在沒有實體的不幸之名下，這些人對我們來說才是不祥的存在。

一天晚上，浩輝深夜裡偷偷鑽出棉被，離開睡房，躡手躡腳地走在走廊上。腳再怎麼慢慢落地，每走一步地板還是會發出聲音。下了樓梯靜靜通過祖父母睡覺的和室前，經過廁所、經過浴室、經過起居室，浩輝朝著廚房走去。他毫不遲疑地走在一片漆黑已經分不清地板和牆壁界線的走廊上，進了廚房之後熟門熟路地來到冰箱前，安靜打開。冷藏庫的燈點亮，將浩輝探頭進冰箱的臉照成橘色。浩輝取出罐裝啤酒，安靜關上門，他就這樣站在漆黑一片的廚房裡，水藍色睡衣在黑暗中微微泛白，但看不見他的臉，只聽到開罐的聲音，他直接站著喝了那罐飲料。

那真的不是果汁也不是茶，而是啤酒嗎？

小小的身體慢慢地、但不知為什麼嘴並沒有離開罐口不斷地喝，每隔一定時間喉嚨就會發出咕嚕聲。那聲音之小，更顯出他軀體的小。浩輝終於喝完，將啤酒罐放在流理臺上，罐子確實發出空了的聲音。浩輝深深吐出一口氣，接著他繼續伸手去拿放在廚房角落地板上的清酒一升瓶，瓶蓋伴隨著悶沉的空氣聲開啟，跟剛剛一樣，甚至比剛剛的姿勢更加豪爽，看來有點滑稽，他臉往上仰，用雙手捧著一升瓶直接就口開始喝酒。遮光瓶身反射著不知從何而來的些微光線，在黑暗中看起來像紅黑色，他捧著瓶子的樣子看起來像小喇叭手，原來這就是所謂的喇叭喝法，竟也莫名地教人點頭認同。

浩輝每個月會有幾個晚上起來喝酒。春壽注意到深夜裡的腳步聲，偷偷探頭，發現浩輝走在走廊上，看上去並不像是出於自己的意志，彷彿受到某種力量引導。第一次看到浩輝在廚房喝酒時，春壽一邊拿走他手上的一升瓶，同時反射性地打了他的頭，但浩輝絲毫也沒在意盛怒的春壽，到廁所去小便，然後再上樓回到自己房間，繼續睡覺。

帶他去看醫生，醫生懷疑可能是夢遊症，但浩輝覺得一切都是在清晰意識下所採取的行動，可能只是想嘗試喝酒，喝過一次之後偶爾重複同樣的行為罷了。當然，父親不在之後住在祖父家可能會有些心理上的壓力，可是他並非因此而茫然自失、尋求酒精的寄託，而是帶著明確意志在喝酒，他愈想愈覺得一定是這樣。可是醫生和親戚們都堅持要定義為精神疾病，想同情浩輝。他再怎麼主張不對、不是這樣，旁人也只是說，那只是你自己不覺得而已。既然你們都這麼說，那就這樣吧，反正這代表他們不相信我，那我也不要相信他們。

上國中後的現在，浩輝也不再在意春壽和美津子的目光，一個星期有好幾次睡前會在廚房喝罐裝啤酒或日本酒，他看著在茶水間昏倒，被送到宴會廳一角躺在被子裡的弟弟涼太時，心裡所感受到的並非責任感。

浩輝內心覺得應該多小心點。現在我對涼太並沒有感受到責任，如果有，那也是因為害怕他們可能會覺得涼太做這種事都是受到自己的影響，被追究起責任感覺很麻煩，因為這份恐懼才開始思考自己的責任；害怕自己開始覺得可能多多少少確實如此；害怕時間經過，比方說幾年後當自己長大成人之後重新回想時，會忘記現在想的這些事，覺得自己對涼太喝酒昏倒這件事真的有責任。

原本擔心涼太是急性酒精中毒，但是崇志抱著他移動時他睜開了眼睛。原來只是在茶水間喝罐裝水果調酒時太睏睡著了，但是看上去確實有些醉意，快速說著些讓人聽不太清楚的話。浩輝心想，涼太經常這樣說夢話，看來跟平時一樣，不用擔心，他離開房間來到走廊上，進入茶水間後看到知花正在流理臺旁邊將壽司和小菜裝進塑膠容器裡。

妳在幹麼？

啊？

要帶走？

嗯。

妳今天住哪裡？

大概住外公家吧。小涼沒事吧？

應該吧。

浩輝打開冰箱看看裡面，什麼也沒拿又關上了門，他打開放在地上的保冷箱蓋子。冰水裡泡著罐裝和瓶裝啤酒、寶特瓶裝茶等等，他抽出一罐啤酒，關上蓋子坐在保冷箱上開始喝啤酒。

知花靜靜看著他，繼續將壽司裝進容器裡，裝了三盒左右，各自用橡皮筋綑好，疊起來放進旁邊的塑膠袋裡，綁好袋口確保盒子固定不會亂動。「起來一下」，她要浩輝讓開，從保冷箱裡拿出兩罐啤酒，用流理臺旁的布巾擦去水氣，在制服裙子左右口袋裡各裝一罐。

走囉。知花對浩輝打了聲招呼離開茶水間，回到走廊走到外面。

8

大家都知道寬五年前就下落不明，但是親戚之間幾乎都知道他人在哪裡。也不確定他本人知不知道，他有時會換地方待，也會回到原本的地方，每次都會透過第三者將寬惹出的事件或者糾紛向親兄弟當中的某個人報告或商量，所以大家都自然而然知道他的近況。

反而是失蹤前只知道住址時，親戚完全不知道他平時在做什麼。

可能是這樣吧。但是現在說這些也沒什麼意義了。難道說我們這些親戚多關心他一點，就能阻止他失蹤？

畢竟沒發生什麼重大事件，所以兄弟們決定不管他。他本人沒有主動聯絡，再說本來就是他自己消失的。就算回來，也只是多了許多麻煩。親戚們都有共識，既然如此，又何必特地去聯絡或找他。

像這種婚喪喜慶的聚會或者電話互相聯絡時，總是會在誰與誰之間小聲、迅速地提起寬。就算不說出寬的名字，光是從那自然而然往前彎身、皺眉、將手放嘴角小聲說話的動作就知道講的是寬的話題，聽的人也會呈現一樣的姿勢和表情。這個瞬間可以清楚地意識到，這就是親戚中有這麼一號麻煩人物的宿命。這些覺得麻煩的舉止背後，心中也微微有種我們現在確實覺得那麻煩人物很麻煩的活力。

大人們偶爾聽說寬的近況，並不會告訴寬的孩子浩輝和涼太還有年幼的晚輩，但孩子們也不笨，不管父母親們再怎麼堅持寬下落不明，他們也隱約知道並不是完全不知道寬的行蹤，但還是猶豫著不敢清楚說出口，所以安靜假裝什麼也不知道。

人在牢裡。

成了遊民。

死了。

再婚有了新家庭。

出國了。

孩子們在內心幻想好幾種寬的現狀，大人們的封口令在最後關頭總是防守得相當森嚴，每種推理都欠缺更多的關鍵線索。或者應該說，其實大人們手中的資訊也不太確實，他們憑聽來的資訊推測近況，跟孩子們的幻想幾乎一樣錯綜複雜，最終還是無法獲得確切答案。

人在牢裡。

成了遊民。

生病住院了。

再婚過一次已經離婚了。

人在沖繩。

大家各自提供聽到的消息，仔細研究哪些才是正確的最新資訊。聽說確實被捕了，但只是羈留了幾天，沒有進監獄。聽說在東京住了院，康復之後現在在沖繩療養。不，聽說是在沖繩住的院。為什麼要去沖繩？去追女人啊，他跟沖繩的女人再婚了。

到最後總是會停在這裡，不清楚寬之後的行蹤。說「之後」，但他失蹤已經是五年前的事，這個家族親戚之間本來就很少交流，還是學生的孩子們幾乎對寬一無所知。

寫著「孝孫一同」的花圈現在還放在停棺的大廳祭壇上，這花圈並不是孫兒們自己準備，而是禮儀公司幫忙操辦，其中也包含了下落不明的寬。多少知道內情的人看到花圈上「孝孫一同」幾個字會想起寬，也會想起事到如今已經無從確認的故人對寬的想法，同時，也會想起另一個問題人物美之，他跟寬剛好對比——跟故人距離最近，陪故人一起度過晚年，而這兩個孫子都沒來參加喪禮。

孫兒總共十個人。

年紀最長的是剛剛提到的寬，如果沒死，應該三十六了吧。他弟弟崇志有來參加葬禮，么弟正仁如同剛剛崇志所說，人在鹿兒島，今天沒來。崇志今年三十二，正仁大約三十上下，開車載春壽他們去澡堂的紗重二十八，跟故人住在一起但卻沒來參加喪禮的美之二十七，美之的妹妹知花今年十七，兄妹之間差了十歲，成了孫子輩兩段年齡層的分水嶺。從寬到美之這五個人屬於成人的年長組，未成年的年少組則以十七歲知花和英太為首，以下依序是英太的妹妹陽子十五，森夜十四，海朝十三。不久之前大家都叫這年紀較輕的五個人小鬼、小傢伙，但現在也已經過了那個年紀。最小的海朝跟寬的長男浩輝同齡，浩輝的弟弟涼太十二歲，現在喝醉了正在睡覺。紗重的兒子秀斗三歲，跟浩輝還有涼太算是從表兄弟。

十個孫子中結婚的除了已經離婚、現在不知道再婚了沒有的寬，此外只有紗重一個人，跟社會一般趨勢一樣，也有明顯的晚婚傾向。看紗重的丈夫丹尼爾今天跟親戚相處的感覺，他也把自己當成表親的一員，丹尼爾今年三十二歲，跟崇志同年，剛剛他們兩個人也一起聊天喝酒。

根本搞不清楚誰是誰呢。

聽小八這麼說，保雄笑著從胸前口袋取出香菸，叼了一根在嘴上，掏了掏口袋沒找到打火機，大概是忘在宴會場了，他拿起放在香爐旁邊的點火槍點了菸。蠟燭的火不安全，已經先滅了。這也難怪，其實我也不知道自己剛剛說的對不對。

兩人正在放有棺木和祭壇的大廳靈堂。剛剛在廁所遇上，一起到靈堂來看看香火，剩下不多，他們又添了香，繼續坐在折疊鐵椅上醒酒，就這樣看著祭壇。小八問保雄，剛剛在跟自己講話那個看起來應該是故人孫子的青年叫什麼名字，保雄回答，那是崇志，接著開始聊起故人的孫子們。

小八只知道故人有五個孩子，不太清楚孫輩誰是誰。照理來說孫輩的伴侶應該更不清楚，但是這家因為有丹尼爾這個外國人反而好分辨。故人兒女他理應熟悉，不過卻經常把現在眼前五個兄弟姊妹中的老四次男保雄跟三男同時也是么兒的一日出搞錯順序。小八聽著保雄的敍述一邊心想，這個保雄應該是五個人中的老么吧。

如果用年齡區分，可以像這樣分成年長世代跟年輕世代。保雄面對祭壇抽著菸繼續開始說。小八已經搞不清楚什麼世代之分，只是隨口附和著。

保雄說，這種用年紀區分的方法當然從以前到現在一直存在，但還有另一種分法，那就是成材的孩子和不成材的孩子。

寬和美之當然屬於不成材的孩子這一群，雖然不知道實際將來會怎麼樣，就心理狀況來說感覺英太也會進入這一掛。寬的不成材跟美之的不成材性質完全不同，不過這也只是自認成材的人看來的區分方式，這方面就沒多加講究、歸到一塊兒了。不管怎麼樣，成材的孩子會乖乖來參加自己祖父的喪禮，鹿兒島的正仁缺席，但那是因為身處遠方的不得已，聽說正仁在鹿兒島工作很認真。雖然其實也忘了他從事什麼工作。成材組裡有崇志、正仁、紗重，除了英太以外，年少組都暫時歸入成材這一群，但以後會怎麼樣還很難說。知花或陽子，在學校不管成績或品行看來都沒什麼問題，可是這種表面的學校生活再過半年或一年誰也不知道會有什麼變化。知花剛剛好像跟英太一起喝酒，看陽子的髮型和制服的穿法，也處處有不守規矩的地方，裙長、襯衫領口、緞帶綁法、挑選開襟衫的眼光，當然，自己並不打算一一指出這些問題要求她改正，只是忍不住再次體認到，幾乎所有的孩子都是這樣，會因為一點微不足道的小事而走偏或者走回正道，該怎麼去預防、阻止這些事的發生，我實在不懂。

原來保雄在講孩子們的事啊，小八終於聽懂了，他把手肘靠在斜斜坐著的折疊鐵椅椅背上，頭靠著手，問道，剛剛你說的那些孩子哪些是你的小孩？

英太和陽子。

幾歲了？

一個十七，一個十五。

正是好年紀呢。

就是啊。

小八呢？話剛說完，保雄發現右手挾的香菸菸灰快掉下來，想彈在香爐裡又覺得似乎不太恰當，正猶豫著。沒有菸灰缸啊？他右手舉在半空中就這樣靜止地看著周圍，但這裡當然不會有菸灰缸。

彈在那裡面不就好了？小八指向香爐。但是……保雄有些遲疑，不過最後還是妥協。算了，老爸、不好意思啊。他打了聲招呼將菸灰彈進香爐。

小八跟我爸同年吧？

對啊，從小一起長大的。

那你也八十五了吧。

嗯，今年要八十六了。

身體怎麼樣？

那可是，到處都是毛病。說著，小八撐起靠在椅子上的身體，睏倦地用雙手揉著眼角。

如果你說一點毛病都沒有我反而驚訝呢。

我每天都自己打針。

打什麼針？安非他命？

小八笑了，但笑得嘶啞不成聲。糖尿病的啦。

胰島素嗎？

打了胸部會變大，都脹起來了。

喔，因為那算一種荷爾蒙啊。

小八敞開西裝前襟挺起胸。你看我的奶。

保雄再次將菸灰彈落在香爐中。老爸最後也因為吃藥浮腫，皮膚看起來很有光澤，表情好比嬰兒。

大家都說人最後會回到嬰兒的狀態。

應該不是那個意思啦。

聽說你們家有個孩子出生時差點死了，那是你吧？

是我。

生下來時一聲不吭、完全不哭，大家都以為這下子不行了，應該活不了。

嗯。保雄簡單應了一聲，本來想把變短的香菸立在菸灰中，還是沒這麼做，站起來去拿菸灰缸。走廊另一端有個陌生中年婦人走來。咦？保雄你不是一起去泡澡了嗎！聲音大得無謂。

本來想去的。

你今天也會住下來吧？

會啊。

那應該去洗一下的啊。

被丟下來了。

他們怎麼這樣呢，哈哈哈。婦人笑著走了。

那是誰？保雄試著回想，但想不起來，應該說根本沒印象，來參加喪禮的人至少也見過面才對。

9

丹尼爾坐在露天風呂的長凳上，低著頭手放在雙膝上，他將意識集中在天旋地轉的腦袋和雙眼之間，或者應該說是太陽穴內側，慢慢重複著深長的呼吸。

春壽、勝行、憲司和一日出有點擔心地從浴池看著他。

泡進露天風呂裡沒多久，丹尼爾就覺得頭昏眼花，從浴池出來後也無法好好走路，半走半爬地坐上長凳。大概因為剛剛喝過酒吧，看來是泡湯泡暈了。

擔心的四個人不斷對丹尼爾說，因為是溫泉啊、因為是溫泉。他們大概想要表達這不是一般熱水，包含許多功效和成分，可能是其中某些特殊成分發揮了作用。不過春壽說，笨蛋，只是喝多了啦，你看看。他手指的方向立著一片寫著「飲酒後請勿入浴」的看板，但說到喝酒，春壽和其他三人也都喝了。

大家都說，休息一下就會好了，丹尼爾聽了也覺得稍微放心。他本來就喜歡泡澡也喜歡溫泉，雖然知道泡湯可能會眩暈，但沒想到會發生在自己身上，以前從來沒發生過，明明過去也有過幾次喝了酒後泡澡的經驗啊，但如果不是這樣實際上將身體浸泡到浴池裡，誰也不知道會發生什麼事。世界上沒有兩個一模一樣的浴池，這就是溫泉的魅力所在。丹尼爾的腦袋裡天旋地轉，但依然試圖拚命祖護讓自己陷入危機的溫泉，他甚至想，現在自己的腦袋正像那源源不斷湧出的溫泉。而且，今天是喪禮呢。

爸爸！

秀斗的聲音從牆那邊的女湯傳來。可以看見星星耶！

浴池的四人不約而同地仰頭。眼前確實是一片夜空，可以看見星星。丹尼爾嘗試要抬起低下的頭，他也覺得臉應該往上仰了，但實際上頭只微微動了動，眼前只看得見自己的大腿和放在雙膝上的手背，以及覆蓋在雙腿之間的毛巾。

小秀！勝行大聲叫道。你爸不好了！

沒有傳來回音，勝行再次說，你爸暈了！其他客人都離開了浴場，隔著玻璃看浴場內的時鐘，指著九點四十分。工作人員已經開始清掃室內的浴場。

怎麼了？紗重的聲音從女湯傳來。

丹尼爾泡湯泡暈了！小秀，快來救他！

啊？沒事吧？紗重問道。隱約可以聽見秀斗不知在叫著什麼，勝行故意用戲劇化的悲壯語氣說，如果小秀不來你爸可能不行了！丹尼爾垂著頭，朝浴池露出虛弱的笑臉。

快出來，不要再給人家添麻煩了。紗重說。但男湯這裡沒有人回應，還看著天空的憲司指著一顆星星說，那是天琴座吧？

又過了一會兒，赤裸的秀斗小跑步穿過浴場而來。打掃的工作人員驚訝地目送他衝進露天風呂。

小秀來了啊，勝行從浴池裡站起來。

用跑的很危險喔。丹尼爾坐在長凳上這麼說。

爸爸你怎麼了？秀斗跑來靠著丹尼爾膝邊。還好嗎？

不要緊不要緊。

從浴池可以看到秀斗朝向這裡的小屁股，更小的雞雞在屁股之間一會兒露出一會兒藏起來。如果身體浮在半空，應該也不會任意往下垂吧？那看起來就像魚鼓脹脹的心臟。

10

小八坐在大廳靈堂椅子上，想起年輕時候曾經跟故人兩個人外出旅行的事。不是老人會的巴士旅行，是兩人都還在工作的時候，不記得是冬天還是初春，他們曾經搭火車去過北陸。

那時候應該都已經結婚生子，工作正忙的時期兩個男人竟然會一起旅行，他一時想不起來到底是什麼原因促成了這趟旅行。搭電車、兩個人，還去那麼遠的地方，那樣的旅行當時應該是唯一的一次。

所以他也想不起兩人一起走在通往海邊那條路的理由和經過。那條路從敦賀車站開始，既想不起理由和經緯，也完全忘了走路時看到的片段光景和走路時想的事情和內容，不過還留有一個輪廓，類似外殼的東西。假如連這些都沒有，那麼那趟旅行的記憶會更加曖昧，可能連到底是不是真的去過都搞不清楚，這類旅行和事件還不少。

當時走了多久，因為已經喪失了時間的感覺，也不知道確切數字。好像是十分鐘左右，也好像是好幾個小時。看著地圖或許能想起個大概，但地圖上顯示的終究是距離，而不是當天的路途或時間。地圖上並不會交代那天在哪裡停下腳步、繞了哪些遠路、是不是迷了路，但這些才是真正重要的，所以看了地圖也可能扼殺掉記憶。所以，我絕對不看地圖。

小八下了這個堅定的決心，想不起來也無所謂，就像這樣，忘了很多事想不起來，甚至連自己忘了都沒發現，諸如此類的事不勝枚舉。其中也有些並沒有忘記，但可能到死都不會去回想的記憶，換個角度想，說不定這比忘記更加殘酷。

所以說，能想起什麼固然開心，但也並不希望想得太仔細，太詳細可能是假的。不過當這種具體地點出現在意識當中，記憶就會不由分說地自行開始挖掘記憶，想去填補起那些空洞跟理由。儘管覺得多餘，也無法阻止。

兩個人最後走到了能望見敦賀灣的氣比松原。天氣還很冷，這個季節的清晨背倚松林的長長海岸上幾乎沒有人影。兩人在靠近浪腳的海邊坐了下來，看著海。

天陰陰的，雖然沒下雨但是天色一片鐵灰、雲又低又濃。左右兩邊是往遠處延伸的半島，由覆蓋著樹木的低矮山群形成。可能因為位於灣內，波浪只在海濱近處安靜翻湧，遠方看起來則平靜得像湖水。天陰的關係，海的顏色呈現深深的藍綠色。

現在接觸著折疊鐵椅的屁股，回憶起了當時屁股下柔軟的沙子觸感。

——回憶起。

小八被自己不經意發出的聲音給嚇了一跳。盤旋在酣醉心中的旅行記憶和風景，不知不覺中化為話聲了嗎？或者只有剛剛自己聽到的部分脫口而出？靈堂裡很昏暗，只有祭壇上有些微亮光，聲音沒造成什麼迴響，馬上消失無音。

潮水退去時，除了水聲還可以聽到石礫滾動的沙沙聲。他小心不發出聲音，將意識集中在自己的屁股，再次回想沙的觸感。

不是沙灘，是碎石灘吧？

這問題讓他片刻陷入沉思，不過馬上否定，不，是沙灘沒錯。小八確認著屁股記得的厚實沙地觸感，篤定地說，但是耳邊聽見的波浪聲確實混雜著礫石的聲音。

不是有石頭的聲音嗎？

什麼？

石頭的聲音啊。

嗯，但我記得，那裡是沙灘，應該沒錯。

當然不是上游那種大塊岩石，應該是有小碎石的河畔邊吧？

不，那裡不是河，應該是海。

不過話說回來，為什麼啊？為什麼會去那種地方？

就是說啊，我剛剛也一直在想這件事。
那裡是從名古屋再往北走吧？
不，不是從名古屋，搭的是北陸本線……。
那應該是米原？
米原，米原，從米原經過琵琶湖畔。
看到琵琶湖了嗎？
看到了。
啊，看到了啊，有有有，看到琵琶湖了。
還在湖畔走了走。
對，走了走了。
那叫什麼？湖、湖……湖西線。對了，搭的是那條叫湖西線的電車。

對啊湖西線，沒錯。應該是回程搭的吧，不是去程。

是嗎？

對啦，是回程。從米原去的話會走琵琶湖東側，湖西線就是因為在琵琶湖西邊才叫湖西線的啊……。

你這個人從以前就這樣。小八的口氣變得有些不耐煩，對那些地理啦路線啦什麼的特別囉唆。說著，一股懷念湧上小八心頭，有好一陣子，他都忘了自己會用這種語氣抱怨。

這不叫囉唆，是講求正確。

管他是去程回程、東邊西邊，有什麼關係。比起這些，明明還有更重要的事啊。

以前每當小八這麼說，兩人就一定會起爭執，也不知從什麼時候開始，他不再這麼做，硬生生吞下想攻擊的衝動，避免兩人開始爭吵。他想著這些，繼續往下說。

從今以後，我再也不看地圖。小八說。反正也沒什麼非去不可的地方了。

我也一樣。

要去旅行的話。

嗯。

春天比較好。

春天啊，春天好，但夏天也不錯。

嗯。

還有秋天也很棒啊，嗯。

嗯。

我看那個海邊應該是沙灘。

可能有沙也有石礫吧。

不，是沙灘，我記得。

是嗎？但是我確實聽見海浪滾動石頭的聲音啊。

啊？你說什麼？

海浪不是會退潮嗎？那時候石頭就會滾動啊，喀啦喀啦地。

啊，你說海浪啊，你說話不能再大聲一點嗎？

可能沙上面有石頭……。

什麼？我聽不見，再大聲一點啦。

不用，這樣就夠大聲了。

這樣聽不見啦。

像你講話這麼大聲吵死了根本聽不見在說什麼啦，很嚇人耶。

哪會吵，這樣剛剛好，差不多這樣不要緊啦。

你嗓門很大，是耳朵不好吧。

不大，我嗓門不大耳朵也沒有不好，搞不懂你在說什麼。

煩死了，真受不了你，很嚇人耶。

哪裡嚇人？為什麼嚇人？

小八並不覺得自己講話大聲，他想，說不定自己聲音真的非常大，不知道在空無一人的靈堂該怎麼發出聲音。漸漸聽不到兒時玩伴的聲音，也分不清楚是因為對方安靜下來？還是其實他一直在說話只是聽不見聲音。

小八一時氣不過回了嘴，但是也確實覺得自己嗓門有點大，不過同時他也覺得那聲音好像不是自己發出來，自己只是聽著聲音而已，他想確認，跟自己平時的音量大小做個比較，到底大了多少，所以仗著這裡沒有人，從剛剛開始一直嘗試想「啊─」地發聲，但始終出不了聲。不是不知道怎麼出聲，而是一發聲就知道，那是自己耳朵可以清楚確認的音量，沒錯，就像看著顯示通往陌生地點的距離和方向的地圖一樣，所以才有所遲疑，但自己不禁覺得好奇，這種事真的值得遲疑嗎？不過他自己也很驚訝，現在心裡非常想珍惜這種遲疑，希望就這樣一直不要發出聲音。

那一趟去敦賀是為了慶祝搬到當地的同學車田晴治年過四十終於成

家生子，小八還沒想起這件事。車田幾年前死了，因為距離遠，他沒去葬禮只發了唁電，記得他美麗的太太小他十歲，現在不知怎麼了。小八如果現在沒想起這件事，可能再也不會想起來了，但就算如此也不會有誰因此困擾，再說，他現在依然想不起來兩人走到松原之濱到底想做什麼，說不定也沒什麼原因或道理，兩人只是像幽魂一樣走著，坐在海邊聽海浪聲。如果是這樣就好了。

11

握壽司、海苔卷、沙拉、醃菜、春捲、燒賣，知花攤開從集會所帶來的菜，頓時擺滿了美之房間的小矮桌。

每年在盂蘭盆節、新年時會跟父母親一起來外公家一兩次，這時美之總是會跑出去，就算在家也是一直待在組合屋不出來，不想跟父母親見到面。

多惠和憲司都不知道知花和美之偶爾會通電話，雖然不是完全不知道，但他們並沒有想到通話那麼頻繁。但這對兄妹每個月會有一兩次像談遠距離戀愛的情侶一樣在深夜裡講很久很久的電話，如果有人認為這當中存在著危險的戀愛情感那也沒辦法，但是，一個人要是只能啟動這類想像力，老實說，實在很卑劣。不過說實在的，人類的想像力本來就很卑劣，放眼望去，這就是個卑劣的世界。

知花和美之都不打算主張自己跟那些人不一樣，可是在他們兄妹之間完全沒有戀愛情感，真要說的話，兩個人之間有著更複雜、更難以言喻的關係，像蜘蛛網一樣無意義卻美麗地延伸。說不定那種關係到頭來就叫做戀愛，也無所謂，用自己喜歡的名字來稱呼就好。雖然這麼想，但實際上知道兩人之間那種微妙關係的，除了他們兩人之外也沒有別人。可是儘管如此，這種連自己也搞不太清楚對哥哥的感情、跟哥哥之間的距離感，又該怎麼對他人說明呢？她覺得，應該無法說明。

一家來到外公家時，只有知花會自在出入哥哥的組合屋，父母親好像都有點怕美之，或者該說對他敬而遠之，不太會主動接近他身邊。知花不太懂哥哥跟父母親之間那種既複雜又難以言喻的關係，那也有點像是戀愛，自己也很卑劣。

卑劣，這是知花小學六年級的女導師岩島老師的口頭禪，每當班上男生胡鬧說些或做些猥褻的事，她就會罵道，太卑劣了。關於岩島老師除了這句話之外幾乎什麼也不記得，或者說無法立刻想起來。所以她在知花人生中目前屬於重要度極低的人，但卻能在語言層面牢牢地生根，每當說到「卑劣」，就不自覺地端起嚴肅的語氣。岩島老師這段如此無謂但又無法忽視的小故事，到底該在什麼時候、告訴誰才好？其實也沒有那麼想告訴別人，但正因為這種無謂，她總覺得假如不告訴別人，很可能會就此被遺忘在自己記憶彼端、再也無法重拾，一開始這麼想，岩島老師就漸漸被無謂所侵蝕。自己也可能是別人記憶中無謂的存在，最後終將被遺忘。

知花試著回想美之還沒搬來這裡住時，自己在這倉庫裡玩過的記憶，但是看著現在貼上壁紙、鋪了地板，儼然年輕男人獨居公寓房間的組合屋內部，就隱約可以想像美之每天的生活，沒有光鮮亮麗、沒有猥瑣、沒有焦慮、沒有愧疚，有的只是安靜清澈的生活。

五坪左右的房間裡散放著小冰箱、放了少少餐具的櫥櫃、筆電、整理盒，吉他和電子琴以及幾個知花不知道用途的音樂器材堆在房間一角。

美之從冰箱拿出罐裝啤酒，從貼在冰箱門的磁鐵掛鉤上掛著的塑膠袋裡拿出免洗筷。

妳也要吃嗎？

要，還有這個。說著，知花從裙子口袋拿出罐裝啤酒，放在矮桌上的菜餚之間。

知花幾星期前才知道美之會把自己製作的音源放上網路公開。美之在電話告訴她，把音源、照片和影片在網路上公開不算什麼稀奇的事，學校裡也有同學這麼做，一開始知花並沒有太驚訝，但是仔細想想，哥哥以前可能從來不曾像這樣留下可見的作品，還有機會被其他人看到。

知花帶著些許神聖的心情，在影音網站上怯生生地點看了哥哥製作的音源，不過標題只寫著看似投稿日期的數字，畫面也一片全黑什麼也沒拍，要說是音樂，其實只聽到好像在河邊錄音的嘩嘩水聲，穿插著木吉他的聲音和應該是合成的電子琴音，知花完全聽不出什麼頭緒。可是顯示影片的點閱數的指標竟然有好幾千，留言處還有人用英文跟一些不知道是什麼語言的文字留言。

不知道海外的人是怎麼找到這音源來收聽的，這個看來應該是美之帳號所上傳的，其他影片內容也都差不多，知花都看不太懂，可是每一支影片的瀏覽次數都意外地高，也有不少外國人留下看似稱讚的留言。看看這些上傳的影片，舊的是幾年前的日期，哥哥做這些事已經好幾年了。

但知花一點都不覺得這些聲音好，也無法理解，後來她幾乎沒再聽過美之的音源。可是昨天晚上一個人在家裡客廳喝啤酒時，隱約可以聽到沿著走廊傳來父親微弱的鼾聲，牆壁發出一個奇怪的聲音，當她覺得那可能是今天去世的外公發出的某種聲音時，想起了美之創作的那些莫名其妙的音樂。

正在喝的啤酒味道留在舌頭和嘴裡，跟冰涼的感覺一起滑入喉嚨和肚子裡漸漸擴散，她一邊感受著那滋味，覺得那味道和今天、也就是外公過世的日子裡晚上一個人喝啤酒這種有點特別的時間，似乎都能以父親的鼾聲還有剛剛奇怪的牆壁聲音來說明，於是知花在手機上打開影音網站尋找哥哥的音源。在他帳號下的影片清單中有一支剛上傳的影片，日期是今天，外公祭日的日期就是影片的標題。

知花又從冰箱拿出一罐啤酒，躺進沙發裡，繼續喝著啤酒聽那段音源。這次沒有之前聽的那種屋外風聲水聲，大概是在安靜的房間裡錄的音。知花心想，應該是在那組合屋裡，隱約可以聽見建築物外的蟲鳴聲，稍微過了一會兒，有一段彷彿深吸空氣的無聲瞬間，然後是一個小小頌缽響聲，頌缽聲持續很久，然後漸漸減弱。今天沒有吉他或鋼琴聲，只敲響了頌缽，音源就結束了。

是追悼的意思嗎？

雖然一度這麼想，但那到底是不是昨天晚上發生的事，知花現在沒什麼把握，因為她也是現在進了哥哥房間看到跟樂器放在一起的頌缽，才想起這件事。

昨天晚上她沒想到聲音是頌缽，本來只是不經意地聽著，覺得大概是風鈴之類的東西，再加上當時也醉了。

對了，今天白天親戚們聚集在外公家時好像也緊張了一陣，說是佛壇的頌缽不見了。雖然喪禮不在家裡辦，不見了也無所謂，但喪禮當天佛具不見感覺不太吉利。也有人說，那是故人思念先走一步的伴侶每天都會敲響的頌缽，一定是一起帶到那個世界去了。

其實根本沒那麼複雜，只是被美之拿走了而已。

美之喝著啤酒，將小矮桌上的菜一一送進嘴裡。壽司裡的料在宴會期間暴露在空氣中，早就已經乾巴巴的，美之從冰箱拿出日本酒，在小盤裡倒了醬油跟酒，把壽司料在這裡面泡了一下子再放回醋飯上。

這是什麼祕技？

嗯，祕技，騙妳的啦，我也是剛剛突然想到，吃吃看。

……好吃。應該吧……。你吃東西都這麼講究嗎？

也沒有啊。

我跟你說，大家都在說佛壇上的頌缽不見了。

喔，那個啊。我都忘了，等等我會放回去。

從喪禮會場回來的路上不是有一間寺廟嗎？

對啊。

那裡有一座很大的鐘。

嗯。

等一下我去幫你敲那座鐘。

啊？

你要記得錄起來。

喂——屋外傳來叫聲和敲打組合屋房門的聲音，大批人進了院子裡。看來表親們都從葬禮場回來了。

12

春壽他們從澡堂回到集會所時已經過了十點半。

弔唁的來客都走了，美津子、吉美和多惠在茶水間洗碗盤。宴會廳鋪了棉被讓涼太睡下，身邊是換穿了運動服的保雄，他正一個人喝著威士忌。涼太以外的孩子由崇志領著分乘鄰居的車回家。

為什麼不帶我一起去澡堂。保雄對一日出說。

本來以為你也要去，但是到處都找不到你啊。

我在院子裡啊。

在院子幹麼？

看星星啊。說著，保雄表情有點難為情，看到他這樣子一日出也跟著難為情了起來。

春壽、勝行、憲司、一日出，還有保雄輪流守夜。崇志回家換了衣服後會再過來。女眷收拾完後紛紛回家。

就讓涼太在這裡睡吧，弄醒他怪可憐的。

丹尼爾也想留下來，但在紗重說服下還是一家三口搭車前往旅館。

換下喪服，把剩菜換裝到盤子裡，在宴會廳一角桌上擺放了酒菜，五個人再次開喝。但是春壽很快就喊睏，從壁櫃裡搬出棉被鋪在涼太旁邊，不久後就呼嚕呼嚕打起鼾來。過了一會兒，換穿了成套運動服的崇志敲敲院子玻璃窗進來。

怎麼？爸也睡了。

崇志，你走過來的嗎？

沒有，奈奈繪姊送我到附近。

辛苦了，喝下一日出替他倒的啤酒，崇志對憲司說，真是好久沒見到美之了。看起來氣色不錯。幾年不見了？上次見面是在奶奶喪禮上吧。

他有來？

有啊，在組合屋跟知花一起喝酒。

跟知花？她先回來了啊？

大家之後得討論這個沒了主人的家該怎麼處理。故人預計要下葬的墓就在家附近的寺廟。如何處理房子，跟墓地的管理和看守也有關係，除了住在走路十分鐘左右可到之處的保雄以外，其他兄弟的家都離這裡很遠。保雄住進這裡、繼承房子，這是最自然的，兄弟當中應該也不會有人反對，這已經成了大家心照不宣的共識，但是還有住在院子裡組合屋的美之這個讓人摸不著頭緒的存在。

春壽從棉被裡起身，說道，我覺得暫時讓美之繼續住也無所謂。

你醒著啊。

如果保雄要搬來也行，或者要把房子拆了也可以。

崇志對憲司說，美之和知花跟其他表兄弟在家裡客廳喝了起來。不過紗重和丹尼爾已經回飯店了。

那些傢伙都還未成年，怎麼一直在喝酒。

剛剛問美之要不要過來，他拒絕了。

如果會來，那也會去參加喪禮了吧，就是個奇怪的傢伙。

真不好意思啊。憲司嘴上這麼說，但聽起來有點不關己事的味道。老實說，憲司漸漸覺得，或許身為父母親的自己跟美之之間，維持這種不關己事的距離感最恰當，不過，就算什麼親子、孩子的成長、結婚、孫兒、工作、第一份薪水、盡孝道等等這些圍繞在親子關係間的一般現象，沒能讓親子看起來像親子，而完全像陌路他人、一點也不像親子間的關係，但自己跟美之、知花之間的關係確實是親與子，既然個別上看來是親與子，那麼現在所形成的這種奇妙關係也是一種個別的親子關係，這有那麼值得遺憾嗎？大家都期待自己對這個不外出工作、長年住在外公家院子的兒子存在表示遺憾，自己也曾經為了回應這些期待而遺憾，因為覺得這麼做或許可以換來某些救贖，但現在憲司卻覺得，一切都像一場鬧劇。

不。躺在棉被上的春壽說，我不知道他在想什麼，但我覺得因為有美之在，老爸晚年過得還算不錯。

嗯，這倒是。

到頭來，大家都不知道那兩個人在那家裡做些什麼，但老爸應該是高興的。

兒子們口中故人的為人大概跟孫子眼裡的有些不同，所以崇志瞪大了眼睛聽、顯得訝異，一日出補充道，老爸這個人嚴肅頑固、不懂得體貼人，他一個人太寂寞，什麼也辦不了，得跟別人在一起，才能抱怨、才能鬧脾氣。

老實說，老爸挺難相處的。

一日出說著一邊起身。火。

喔，對了。大家你一言我一語地從宴會廳踩著拖鞋來到走廊，走到靈堂。

在陰暗靈堂裡走到點著燈光的祭壇，線香的火已經斷了，全成了灰，堆起的白色香灰隱約留著細細輪廓，仔細看看，香灰的顏色似乎帶點黃色或藍色，或者一點點紅色。

有人在這裡抽過菸。春壽看著那堆香灰說。

一日出說著，老爸，抱歉啊，又點起一根新的線香插上。

13

故人晚年不喝酒，他生活過的家裡冰箱別說水果調酒了，就連啤酒都沒有，不過廚房卻有幾支一升瓶的日本酒，也不知是從什麼時候起就有的。英太說要喝那日本酒，知花喝著從組合屋拿來的罐裝啤酒。

英太在玻璃杯裡倒了滿滿的日本酒，大口大口不斷喝下，現在已經喝得很醉。

看來應該快醉到吐了。活該，英太的妹妹陽子心裡這麼想，而所有堂表兄弟也開始冷冷看著得意忘形開始失控的英太。

陽子、森夜、海朝這三個人把喪禮會場帶回來的果汁和烏龍茶倒進杯子裡喝。浩輝在這些人當中顯得有些不自在，少了喝醉在會場睡著的弟弟涼太，浩輝跟海朝一樣，變成這當中年紀最輕的。

除了浩輝以外所有人都是堂表親，浩輝的父親寬跟他們是堂表親，現在寬人間蒸發，一定也給他們或者他們的父母親添了不少麻煩。其實浩輝以外的人並沒有太深刻地意識到彼此到底是不是堂表親，單純因為年齡相近所以覺得親近、年齡相差遠所以感覺有距離，這些感覺都不著痕跡地融入大家談笑時的態度中，但是浩輝跟年紀相仿的海朝、森夜、陽子都不怎麼講話，他只是靜靜地戳著日本酒喝個不停的英太肚子，咧起嘴笑，或者到美之身邊唐突地問，你出過蕁麻疹嗎？

沒有，沒出過。

一次也沒有？

不知道，可能有過吧。

我之前出了。

蕁麻疹？

對，很癢，還會腫。

家裡客廳共有七個人。美之認真想了想，這裡除了自己以外都是高中生或國中生，大家都穿著制服，從外表上看起來差異也非常明顯，T恤外面披著連帽外套、身穿牛仔褲的美之一個人或許顯得格格不入，但可能因為只有自己年紀相差比較遠，也覺得本來就會跟其他人不一樣。

美之站起來走向廚房，浩輝跟在身後，問，你要幹麼？

喝水。

有什麼吃的嗎？

那個盒子裡有仙貝，你幫忙拿過去吧。

好。浩輝打開廚房角落一斗罐的蓋子，抱著一堆柿種米果和仙貝回到客廳。可以聽到他對大家說，這些都可以吃，話說得很快，應該是有點害羞，好像還是不太能融入大家。浩輝馬上回到美之在的廚房，但是在杯子裡裝完水的美之丟下浩輝回到客廳，把水放在英太面前。

你得喝點水。美之說著，內心也很驚訝為什麼可以這麼自然地跟他們說話、照顧他們。他的記憶不是太清楚，不過現在在這裡的這些人當中，他確實記得自己見過的只有妹妹知花，至於其他表親和浩輝，他完全想不起曾經跟誰見過面、誰又是今天第一次見面。他當然知道這些人是表兄弟姊妹，也知道他們的名字，對他們的父母親也就是自己的叔伯姑嬸也知道、記得的更清楚，但老實說，到底誰是誰、名字跟長相還有個性等等都搭不太上。無論如何，現在自己人在這裡，而且顯得很融入，這讓美之覺得很不可思議。

大概是因為陷入只有自己一個人年紀較長、得表現得像個大人才行的狀況吧。剛剛失去了外公這個共通存在這件事，一定也發揮了作用。

從在組合屋喝的算起來，知花正在喝第三罐啤酒。守夜之後應該也喝了，實際上應該喝得更多。她嘴上說不怎麼喜歡啤酒，但為什麼喝這麼多呢？

美之替英太拿水時也順便拿來放了冰塊的玻璃杯，他用這個杯子喝著從自己房間帶來的泡盛。

這些小傢伙還是學生，還不會賺錢，關於這一點自己倒可以大大方方，可能因為這樣才有辦法冷靜擺出大人的姿態吧。不過他面對平時有穩定工作收入的人也並不覺得自卑，儘管現在經濟上倚賴外公存款跟年金過活，他也並沒有太多愧疚和危機感。他平時比較常思考的反倒是該怎麼樣才能毫無抗拒、正面接受自己不工作日子也能像這樣湊合著過的事實，還有為什麼自己能夠正面接受這件事。而他現在才發現，自己可能從國中不去上學時就開始不斷思考這件事。

他雖然有繭居傾向，但並不顯得畏縮、憂鬱，或者特別沉迷於什麼，反而表現得很平靜，會去超市買東西，也會做些講究的菜跟外公一起吃。聽了這些會覺得不知道他腦子裡到底在想什麼的人，是因為他們自己從來不嘗試靠自己思考的關係。剛剛在組合屋一起喝酒時知花說過，他們可能希望哥哥乾脆像新聞或報紙上典型的繭居青年一樣吧，美之覺得妹妹說得真好。

啊——我喝醉了。說著，盤腿坐著的知花整理了一下裙襬，從裙子口袋拿出罐裝啤酒咚地放在矮桌上。不過這不是我自己想到的，我看過電視上有人這麼說，那時候我剛好跟媽吵架，我也忘了是為什麼吵，媽叫我做這做那的時候，我問她為什麼，她也只會回答一些超奇怪，奇怪得令人難以接受的理由，而且那些根本不關我的事，該怎麼說呢，那怎麼形容啊，社會？社會上？社會上的常識？大概類似這樣吧。我知道她是因為相信所謂社會常識才會說那些話，那種東西根本無聊、爛透了。

這說法感覺也很粗野。

爛透了。

不過父母親大概都是這樣，我沒當過也不清楚，但是這個社會或者說這個世界本來到處都爛透了，不只父母親，所有人都爛透了，如果順著妳的話來說，這個世界大概九成九都爛透了吧。

喔，這麼多？

這麼多。

感覺活著真沒意思。知花說著，用免洗筷敲著頌缽，又開了一罐啤酒。

我們就是得活在這種世界裡，也難怪父母親會變得爛透了。

外公也是嗎？

一定是的。

哥，你還記得外婆嗎？

記得啊，她過世的時候我已經上國中了。

我不太記得。知花說。她發現外婆死的時期跟哥哥開始拒學的時期相同。她人很好嗎？

外婆喪禮時，寬哥喝得很醉大鬧，那時候寬哥大概二十多歲吧，幾乎已經是酒精中毒的狀態，喪禮開始之前他整個人爛醉如泥，守夜守到一半還吐得亂七八糟。後來跟春壽舅舅大吵了一架被趕出去，就這樣沒回來。

這人真是糟糕。

隔天是告別式，大家去了火葬場，然後寬哥又來了，這回他哇哇大哭，跪在地上對春壽舅舅和外公磕頭道歉說，拜託你們也讓我撿骨吧，他一邊哭一邊說起跟外婆之間的回憶。

對爺爺奶奶來說，寬是他們第一個內孫，尤其是奶奶，她非常疼愛寬，經常會去浦和春壽家，一到週末就會叫寬來自己家，帶他去河邊或山上逛。兩個人都在工作的春壽和美津子很慶幸一有事就能把寬託給奶奶照顧。寬四歲那年夏天，崇志即將出生，寬在祖父母家住了兩星期左右，當時爺爺奶奶還在一塊現在已經賣給別人的土地上幹農活，白天他們一起下田玩，晚上跟奶奶一起睡在蚊帳裡。

跟父母親分開好幾天，漸漸開始想家的寬有一天晚上哭了起來。四歲的寬對那年夏天的記憶並不明確，只剩下片段光景和印象，其中一個片段就是為了安慰躲在棉被裡哭的自己時的奶奶的臉和手，當時寬可能第一次發現，除了自己和自己父母親以外的人，也跟自己一樣感覺著、思考著許多事。奶奶在哭泣的寬身邊一起躺著，表情顯得不知所措，她輕撫著寬的肩膀和背，將他抱緊。寬哭到停不下來，奶奶不知怎麼辦才好，從她的手勢和動作可以知道，她覺得自己很可憐。他知道奶奶正拚命地試圖回想過去曾經感受過的寂寞和想哭的情緒。不，自己可能並不知道，但他覺得應該是如此，奶奶當時的臉是什麼樣的表情他也說不上來，充滿悲傷、憐愛，還有痛苦。現在想想，他覺得其中也有著喜悅。

寬和理惠子結婚是在奶奶過世那年春天，寬哭著出現在火葬場說起跟奶奶之間的回憶，理惠子站在火葬場入口一直看著他那樣子。理惠子沒參加昨晚的守夜，她身體不舒服，在家睡覺，其實她自己也沒發現那其實是懷孕的害喜症狀，不過事後浩輝生下來了，也沒人想到當時理惠子身體不適其實是因為害喜。

寬和理惠子是在大學認識的同學，理惠子大學畢業時兩人不顧雙方家長的反對，甚至可以說幾乎以私奔的形式登記結婚，他們沒辦結婚典禮，跟所有親戚也很疏遠，大家都覺得他們很不懂事，所以沒參加奶奶喪禮其他人也不以為意，大家都說，其實本來就不打算來吧。自此，她就成了大家口中那個不參加喪禮的孫媳婦。但那是因為害喜。從浩輝出生時期倒算，也不難想像，但是沒有人這麼想像，現在也沒有人會注意到這件事了，誰都不會想到跟寬離婚後現在不知人在何處的理惠子。但那應該是害喜沒錯。喪禮在九月，浩輝五月出生，算起來時間吻合。過世的奶奶阿忍還差大概八個月就能趕上曾孫誕生，但是如果那天出現在火葬場的理惠子肚子裡已經有了浩輝，那勉強也算曾經共聚一堂，一個還在肚子裡，另一個軀體正在焚燒，這種情況要視為終究沒有相見？還是他們可能在跟這個世界有點距離的某個地方接近過彼此？即使沒有任何證據，平時也沒有這類世界觀，為什麼會輕易傾向後者這種想像呢？這念頭可能會被批評為太輕率、隨便，還是無法不聯想到轉生、投胎這些事上。

寬因為留級，沒和理惠子同時畢業，他大學中輟後結婚，在目白一間小辦公用品廠商找到了工作，不過經常請假。他到大學為止的學生生活沒有太認真念書，幾乎都在玩，突然出社會後承受這些不習慣的工作壓力和不安，讓他開始藉酒逃避。他的作息當中幾乎沒有不喝醉的清醒時間。一醒就感到不安，所以繼續喝，最後公司電話打到家裡來，一通電話將他開除。他跟理惠子兩個人靠打工餬口，但寬還是沒戒酒。奶奶就是在這個時期過世，他放下害喜不適躺在家裡的理惠子，從板橋的公寓搭東武東上線前往祖父祖母家所在的小鎮。

晚夏平日的下午，離開東京中心的電車裡沒什麼乘客，過了一會兒，車廂裡只剩下寥寥幾個人。明亮的車裡，一身喪服的寬眺望著車窗外晴朗又暑熱的景色，經過一片寬闊農地後進入山區。寬從包裡拿出杯裝酒開始喝，列車開上了橋，窗外風景穿過茂密樹林，一瞬間眼前出現開闊的荒川河面，列車很快就穿過河面上，窗外再次回到從高處俯瞰的沿線風景。

小時候到浦和幾乎都是開車來回，好像不曾這樣搭電車前往祖父母家，但是不知道是從現在眼前河畔看到的，還是完全不同景色的記憶，總覺得印象中曾經看過電車經過河上的光景，他也覺得自己好像在小時候曾經仰望的景色旁邊，俯瞰著以前自己所在的地方。寬又拿出一瓶酒喝。

剛剛河出現的那一瞬間，他覺得心好像一下子敞開來，那些不安和擔心都消失了。望向窗外，期待河景再次出現，假如可以再看到河一次，我一定不會忘掉那個瞬間的心情，我會戒酒、好好過日子，我會去工作，讓家人幸福。寬這麼想，不斷看著窗外的街景，但過河就那麼一次，列車終於到了目的地車站。

他懶得走路，從車站搭計程車到爺爺家，看到躺在那裡的奶奶，鼻孔和耳朵裡塞著棉花，閉著眼，皮膚的顏色像木頭一樣。大批聚集的親戚們發現很久沒見的寬醉著出現，還是紛紛對他打招呼，最近還好嗎？日子還過得去吧？

直到守夜開始之前，大家都各忙各的，但是自己沒事可做，於是便在奶奶房間裡喝酒，結果爺爺來了，他說了聲真累，隔著奶奶坐在寬對面。

爺爺身穿短袖襯衫盤腿坐著，雙膝上滿是黑斑的雙臂還可以看出往年下田工作時的健壯，以前他經常看見爺爺晒得黝黑的的手臂，那跟教書的父親完全不同，令人印象深刻。你身上有菸嗎？爺爺對寬說。

寬從胸前口袋掏出七星，連同打火機一起遞出去，爺爺點了火，開始抽菸。

最近很久都沒抽了。

寬什麼也沒回答，醉了之後腦子漸漸不清楚，他試著思考，失去了長年伴侶的爺爺面對伴侶的屍首會有什麼感覺，但始終確定不了思考的方向，思緒到處亂竄。

所以現在在記憶中當時心裡所想的，正確來說不是當時所想，而是之後一邊回想當時一邊思考，所謂之後，是指那天夜裡在守夜之前又喝了酒，在讀經時吐了，被盛怒的父親趕出會場，沒辦法只好搭電車回家，惹得本來在休息的理惠子擔心，因為心裡難受所以又在家喝酒，隔天再次搭上電車，這次理惠子也跟他一起過了荒川，來到火葬場向爺爺和父親道了歉後獲准撿骨，在那八個月後理惠子生下了浩輝，隔年生下涼太，寬好不容易擺脫泡在酒精的生活找到了工作，開始會跟兩個孩子一起散步聊天。

他一直覺得，有一天自己會因為奶奶的死持續悲傷。

寬一邊抽菸，一邊覺得爺爺的聲音似乎正在這麼說，但那只是聲音，仔細想想爺爺不太可能對自己說這些話，這不像他。所以寬說不定是靠著爺爺的聲音來記憶，自己覺得當時爺爺這麼想。但是人生在世不只這樣，也會有更開心的事，更愉快、更可以讓心情頓時開朗的瞬間不是嗎？自己這麼回應的聲音，一樣是對爺爺無音之聲的無音回應吧。

他答應面前並肩的浩輝和涼太，下個星期天要帶他們出去玩，孩子們開心地笑鬧，但是畢竟過去寬反悔了好幾次，所以孩子們要求他寫下一紙誓言。

寬隨便找了張紙，用原子筆寫下幾月幾日星期幾去動物園，署名服部寬，交給浩輝，浩輝很珍惜地疊起那張紙，從那天起寸不離身地帶著，到了晚上他會拿出來對寬說，你沒有忘記吧？每天晚上都把紙拿給他看。

沒有忘啦。

浩輝和涼太聽了就會開心地再把紙疊好，慎重地收進兩人收納重要物品的束口布袋裡。看看浩輝的嘴角，看看在旁邊看著他那老不能規矩站好的涼太，他們沒有一點擔心和不安，完全想像不到幾天後因為不聽話，那張紙被寬撕了。此時他們眼前只有期待。

只因為面對比自己弱的人，就得表現出自己彷彿是個強者，無法一起變弱，但自己還是一樣脆弱愚蠢，說不定跟你們沒什麼兩樣，或者比你們更有可能逃跑，所以其實可能更弱。可是不懂得怎麼逃的你們卻依賴著這個又逃避又會虛張聲勢的我，彷彿我是個強者，所以我也得表現得像個強者，但是我身上根本沒有半點值得你們依靠的東西。

寬這麼想的時候，想起了自己在蚊帳裡哭時奶奶安慰自己的手跟臉。

不過寬的記憶有點混淆。弟弟出生，自己借住在祖父母家，晚上第一次在棉被裡哭時，在身旁安慰自己的應該不是奶奶而是爺爺才對。

面對庭院鋪著榻榻米的客房吊著蚊帳，窗戶沒關，點了蚊香，會這樣睡也只到這時期為止。關燈之後就是一片黑暗，光是點常夜燈寬會害怕，不知從哪裡拿來了一盞讀書燈替他放在枕邊。隔著蚊帳只有枕邊照出一圈白，寬哭累了喘不過氣來，爺爺摸著他的頭，這部分如同寬的記憶，他的表情看來似乎有些不知所措。

養了五個孩子，夫婦倆向來不驚不亂，要哄睡在哭的孫子不至於這麼狼狽慌張。不過回想起以前安撫春壽和吉美睡時的不安和藏不住的軟弱，露出這種表情也不無可能。

夫婦之間也是一樣。

就是啊。

你一個人活不下去，我就像多了一個孩子一樣。

就是啊。

我得成為你的依靠。其實我沒那麼強，但是這麼告訴自己，漸漸地，就開始覺得自己好像可以成為別人的依靠、自己很強。

這樣很好啊，很夠了。

總之，能平安無事就好。

真的。

畢竟是人，總有一天會死。

這可沒辦法。誰都有一死。

我們雖然沒有經驗，但是孩子先走一步一定很難受吧。

真的。

我們平安養大了五個孩子，再也沒有比這更值得欣慰的事了。

真的。

但是所謂的夫婦，一定會有一個人先走。

對啊。很無奈，但也沒辦法。

真的很難受。

但是也只能接受、覺悟，在時間到來之前開心過日子，留下來的那一個可能會有點寂寞，但人生就是這樣。

說什麼蠢話，我說的可沒那麼輕鬆。

是嗎？

我剛剛講那些可是很嚴肅的。

那真不好意思。

爺爺生氣的時候都會那樣，咚咚咚用力踏在走廊上，拿起外套跟帽子說要出去一下，走出玄關。

從陰暗的庭院走到家門前的路上，穿過田地之間往車站方向走。外出用的運動鞋每走一步就會發出啾啾聲響，那聲音迴響在夜路上。四處都聽得到蟲聲，遠方河水潺潺，幾天前下過雨，水量還很多，今天晚上無雲，天空都是星星。

途中經過小八家，今天就不約他了。這條路從途中開始貼著軌道，可以看到沿路邊菜園裡的蔬菜，秋天夜裡空氣不熱也不冷，披著薄薄上衣剛剛好，心裡想著即將到來的冬天和冬天該做的工作，每年重複同樣的事，但每年都有點不同。小八說，去年和前年還有更之前，每一年的天候、土壤、農作物狀態都不同，也分不清楚哪些是哪一年，對農家來說，重要的並不是弄清楚那是幾年前的事，而是今年的天氣還有苗的狀況跟過去的什麼時候比起來如何、今年該如何才能順利栽培農作物。農地的作物不長年紀，今年結實收成之後明年又會長出新的果實，期間有一段中斷。對人類來說則不是如此，人每年都會長歲數。假如把去年的事、前年的事弄混，就會有些事對不起來。

走進車站前的小酒館，小八人已經在裡面。

怎麼？你也來了？打了聲招呼，坐在吧檯前他旁邊。

小八笑著對吧檯的媽媽桑說，看他這表情好像希望我不在呢。媽媽桑把酒瓶跟冰塊放在吧檯上，準備好兑水燒酒。跟阿忍吵架了吧。她對小八說，看這表情就知道了。

吧檯角落有時會看到經常在這裡露臉的兩人組，應該是上班族。

這裡這裡，這裡吧，小八指著自己額頭說。平常是兩條線，但是跟阿忍吵架的時候就會像這樣變成格子狀。你看啊，是不是。

煩死了。他對小八說，喝了一口媽媽桑調的兑水燒酒。他沒好氣地說，媽媽桑，唱一首吧，媽媽桑回答道，好啊好啊，那老樣子喔。

小八說，看來真的吵架了吧。媽媽桑開始準備卡拉ＯＫ。

不是吵架啦。

不是嗎？

不是那麼簡單的問題啦。

那跟吵架也差不了多少吧。

好了別再說了，你看。

卡拉ＯＫ的前奏開始流洩，媽媽桑將店裡燈光切換為彩色燈，鏡球在電視畫面上方旋轉。站在吧檯裡的媽媽桑拿著麥克風，直到開唱之前都表情認真地直盯著畫面。

她不是本地人，就連老客人也不知道她在哪裡出生長大，在站前開的這間小店經過十多年，已經變成這個地方不可或缺的存在。這間店長久以來大受歡迎的原因，除了媽媽桑豪爽卻不隨便越線的性格、她巧手親製的輕食，更重要的是她那驚人出色的歌聲。還有耳語傳說她以前是出過唱片的歌手，聽起來可信度也很高。

如果沒有遇見你　我將會是在哪裡
日子過得怎麼樣　人生是否要珍惜
也許認識某一人　過著平凡的日子
不知道會不會　也有愛情甜如蜜
任時光匆匆流去　我只在乎你

心甘情願感染你的氣息
人生幾何　能夠得到知己
失去生命的力量也不可惜
所以我求求你
別讓我離開你
除了你我不能感到一絲絲情意

14

唱完歌的美之放下吉他，表兄弟姊妹還有浩輝跟剛剛聽歌時一樣，還是一臉困惑，楞楞等著誰先開口說些什麼。

要是美之說點什麼就好了，但唱完歌的美之面紅耳赤到幾乎令人同情，表情很僵硬。

特地從組合屋拿來吉他慫恿哥哥唱歌的知花，關掉一樣從組合屋拿來的錄音器材開關，拿下耳罩式耳機喝了一口啤酒，說，應該有錄到，哥，你歌唱得挺不錯。

廁所傳來英太吐得一塌糊塗的聲音。

髒死了，美之一邊說一邊喝了一口泡盛，看起來鎮定了一點，但還是低著頭，沒能直視房內表親們的臉。

剛剛那是誰的歌？陽子問美之。

美空雲雀吧？知花從旁幫著回答，美之說，不對，是鄧麗君，他終於抬起頭來看著知花。

任河水從身邊流逝。

不是啦，是美空雲雀。

鄧麗君？

知花也不知道，比知花年紀小的陽子、森夜、海朝、浩輝應該也不會知道。正在廁所吐的英太大概也不知道。

好像是以前外婆喜歡的歌，所以外公也很喜歡。美之說著，望向放在櫃子上的佛壇。

表親們也跟著他的視線，看著放在那裡他們不記得曾經親眼見過的祖母照片。

好，那我去一下廟裡。知花站起來，走向玄關。浩輝跟在她後面。你也要一起去？

嗯。

好啊，來吧，陽子你們要去嗎？

陽子、森夜、海朝也站起來跟著她。不會有點危險嗎？我跟你們一起去吧？美之提議，但知花指著錄音機說，哥你留下來錄音吧。聲音響亮到這裡都聽得見呢。

不用啦，已經太晚了。

這樣可以告慰先人。

才不會。

你自己還不是敲了頌缽。美之聽了安靜沒說話。

不要敲那麼小的頌缽，既然要錄，就大器一點，那我走了，你好好錄喔，還有，你注意一下那小子是不是還活著。她指了指英太所在的廁所。

身穿制服的五個人從玄關走進黑暗的庭院，回頭看看房子，從玄關玻璃門可以看見後方客廳的美之正在望著這裡。走上房屋前的馬路，知花領頭走在最前面，後面的四個人靜靜跟著她。知花的腳步有點搖晃，她本人也自覺醉得有點厲害，但是秋天夜裡的空氣舒爽，總覺得應該有助於醒酒。以前從沒喝過那麼多酒，也沒這麼醉過，她心想，原來喝醉是這種感覺，原來醒酒就是像這樣讓冷空氣慢慢冷卻自己的肌膚跟腦袋。剛剛順勢逼美之唱歌後心裡暗暗的後悔和動搖，吹著夜風也漸漸平息。明日請喪假不用上學，但後天起又要上學，上課很煩，期中考快到了，還得想想畢業後的出路，常去的美容院裡自己暗暗心儀的美髮師應該有女朋友了。但是今天晚上心情真好，直到明天都不必想那些煩人事。外公死了，心情還這麼暢快實在有點奇怪，但也不知道為什麼，要說在悲傷的縫隙之間沒有這些暢快或開心，也是騙人的，因為現在的我確實心情非常暢快。

穿過樹林旁邊，過了三岔路口，開始走下坡。

啊，貓，浩輝看到蜷在涼亭桌上的黑貓叫了一聲。暗夜中牠身體輪廓看不太清楚，眼睛閃著綠光看著這邊。

一行人停下腳步看著黑貓，這時涼亭牆壁後又出現一隻三色貓，喵——喵——地叫著，馬路對面的矮樹叢又跑出另一隻貓，繞到涼亭後方，桌上的黑貓瞬時作出反應起身跳下，守在桌腳後警戒地看著這裡。也不知從哪裡跑出來的黑白貓像是篡位般跳上了桌子。

森夜慢慢往涼亭那邊走，快到時蹲了下來，學著貓叫，喵——喵——。

知花、陽子和浩輝都訝異地瞪大眼睛，海朝告訴他們，哥哥很會跟貓玩。海朝從裙子口袋拿出從家裡帶出來的起司魚板棒，撕開塑膠包裝輕輕走到森夜身邊，把剝好的完整起司魚板棒交給他。森夜沒回頭，反手接過來，繼續看著那些貓，沒看手邊，把弄碎的起司魚板棒放在手心給貓看，再次學著貓叫，喵——喵——。

知花他們在一旁看著，旁邊忽然又悄悄跑出一隻毛色較亮的褐色貓，陽子不禁發出尖銳的聲音，好幾隻貓對這聲音有了反應，迅速移動，一時間也看不清楚哪一隻怎麼移動，有些就這樣離開，也有些移動了位置，一開始那隻黑貓慢慢接近森夜手心的起司魚板棒，舔了舔後吃下一口。

耳邊可以聽到小小的潺潺河水聲，就像美之不知什麼時候錄下的聲音。知花發現自己走錯了路，這條不是通往寺廟，而是到河邊的路，她從裙子口袋拿出罐裝啤酒，打開喝了一口。

給牠吃太多也不好。說著，森夜摸摸黑貓的頭，沒再給牠起司魚板棒並站了起來，其他貓分別在涼亭牆壁、長凳上注視著森夜，他對大家輕輕揮揮手，這次換他領著眾人開始走下下坡彎道，一行人來到河邊。

大家心裡都有些疑問，不是要去寺廟嗎？特別是住在附近的陽子早在離家時就發現知花走了一條跟寺廟反方向的路，可是在這樣的深夜裡，沒經過允許就想擅自去寺廟敲鐘的這個人走錯了方向，她也不知道自己到底該不該提醒她。

坡道中間望見的河畔，跟漆黑河面還有草叢相比，顯得稍微亮一些，實際上地面散落著許多大石塊，走在上面每一步都讓人提心吊膽。至於知花，她已經完全醉了。河畔一個人都沒有，看看手機，已經快十二點了。

來到水邊，眼前是河水，確認了確實是河沒錯，百無聊賴地往河裡丟石頭，喝啤酒。陽子指著河對岸的建築說那是賓館。但是已經沒了剛剛的氣勢，這麼晚的時間半是勉強地帶著比自己小的表弟妹外出，自己還喝醉了開始有點不舒服的知花開始感覺到身上的責任。

浩輝走到緊接河水的地方，手泡在水裡。河水的流速緩慢，一回神才發現到水聲似乎遠離了意識，什麼也聽不見。

知花哼著自己一點印象也沒有的曖昧旋律，脱掉鞋子、脱掉襪子，走過浩輝身邊，踏進河裡腳浸在水中。任河水……匆匆流去……我……只……在乎你……，心甘……情願……趴……在你……的身上……，跟剛剛美之唱的歌旋律不太一樣，歌詞也不一樣，聲音很大，她就這樣什麼也不管一直放聲大唱，最後終於喘不過氣似的停下不再唱，當場坐下，一屁股坐在水裡。啊——好想吐。我醉了——。

知花，妳還好嗎？

接著，她身體往後倒，躺在水裡。河水很淺，只有她的頭跟身體下半部泡在水裡，浩輝擔心她會被沖走，抓著知花左手。知花也回握浩輝的手。啊——好舒服啊——。她哩嚕一聲閉上眼睛。

咦？陽子看著剛剛大家走來的方向。遠方傳來了響聲拖得極長的悠遠鐘聲。

15

最後一班電車早就開走了。車站和月臺的燈光關掉、一片漆黑。車站附近的商店、住宅，都沒有太多透出光線的建築物，樹林和農地本來就像夜色一樣暗，或者該說一片漆黑。

一片漆黑當中，星星點點的街燈串起，指示出狹窄纖瘦的蜿蜒街道輪廓，街道連結著此刻已經沉睡的小鎮居民住處跟住處之間，有時突然消失彷彿誤闖入暗夜當中，有時又跟明亮的橘色街燈一起連接到堅定穩健奔馳在北端的國道上。

偶爾會有卡車飛馳在國道上又轉瞬消失，提醒著這缺乏動態的小鎮夜景並非一幅時間停止的靜止畫，但如果看見南邊田園間狹窄道路上的汽車燈光，就會讓人陷入一種錯覺，彷彿正在夜空裡看著一種超越時間和空間的物體。當我們一直看著地面上，很可能有某些不可思議的物體來去穿梭在這段期間無人聞問的夜空裡。誰也不知道那再怎麼凝神望去也看不出個所以然的漆黑農地和樹林裡有些什麼。區隔北邊明亮寬敞街道和南邊農地樹林地區的彎曲河流及河畔，也是一片難以分辨的漆黑陰暗，假如不知道現在那附近正聚集了一群少年少女，其中還有一個人身體泡在河水裡，誰又會發現呢。

距離河不太遠的田地中央，有一戶人家還亮著燈，屋裡流洩出的白色日光燈光線微微照映著鋪了礫石的庭院。

頭戴耳機的美之正在面對庭院的簷廊上，盤腿盯著器材，他成功錄下了剛剛寺廟傳出的鐘聲。

一起錄下的還有院子此起彼落的蟲聲、遠方街道奔馳而去的車聲，一旦錄成了聲音，就搞不清出處，在輕微撼動後連綿延伸的鐘聲也被記錄了下來。

肚子裡的東西全部吐乾淨後，英太出乎意料一臉神清氣爽地回來，他在美之身後問，你在幹麼？這句話也被錄了進去。

走在田間小道朝這個家方向移動的小小手電筒亮光，是正從集會所走回來的美津子、吉美和多惠。

三個人都注意到鐘聲，起初也並不覺得奇怪，過了一會兒吉美才說，奇怪，怎麼會這種時間敲鐘。

美津子和多惠聽了也紛紛碎念，哎呦，討厭，真嚇人，怎麼會這樣，念著念著害怕的程度忽然陡增，好可怕好可怕好可怕！他們半是大叫著往家的方向衝。

吉美手上一個塑膠袋掉了，裝在盒子裡的壽司掉了一地。三個人已經管不了這麼多，在夜路上沒命地奔跑。這時又敲響了一聲鐘。

討厭啦好可怕好可怕好可怕！

之後貓聚上前來吃散落一地的壽司。

男人們正喝著集會所剩下的酒，他們顧著聊天沒注意到鐘聲，第二次敲鐘時一日出才低聲說，好像聽到寺廟的鐘聲，勝行、憲司和崇志暫停聊天，側耳靜聽外面的聲音。

真的呢。

會是誰？這種時間敲鐘？

搞不好是老爸。

哈哈哈。

春壽和涼太並排躺著，沒發現鐘聲。

奈奈繪送崇志到集會所後本來打算就這樣回家，突然興之所至想兜個風再回家，開上了國道，她疾馳在幾乎沒車的路上也沒聽到鐘聲。

車裡的FM廣播正播著過時的暢銷歌曲。她搭配著這空有高昂氣氛、旋律和歌詞都很蠢的歌曲在車裡大叫「嗚喔！」，搖頭晃腦。DJ介紹剛剛那首曲子是一九七九年的暢銷曲，奈奈繪心想，正好是自己出生那一年。也就是說，同時也是今天沒有來參加喪禮的寬出生那年。

跟寬其實沒怎麼說過話，最後一次見面是在婆婆的喪禮上，還有一日出結婚不久、剛生下森夜那時候。一日出曾經說過，家裡有個很有意思的姪子，跟奈奈同年。她也聽說過，寬的「有意思」有時候——或者說經常——會惹出許多麻煩事。

結果兩人也沒能認識，奈奈繪至今都沒機會了解他的有意思和麻煩，連他在火葬場下跪之後哭著最後撿骨放進骨壺的樣子，也早就忘得一乾二淨。當時一起來的理惠子，應該再也不會見面，到死之前都不會再見。

理惠子沒有撿骨，其實她大可以撿，應該沒有人會拒絕或阻止；但她也不是因為客氣，不，可能也有點客氣吧，主要是因為身體不適。當時她肚子裡應該懷著浩輝，就時間來看很可能正在害喜。她記得很清楚，當時看到理惠子站在火葬場入口的樣子，還有之後喝著茶在角落看親戚們一邊吃喝一邊等遺體燒成骨、猶豫的樣子，心裡猜想她會不會是懷孕了，可是這種不確定的事不能跟人說，也不想說，畢竟是初次見面，沒法輕鬆跟對方搭話，再說光是要照顧剛出生的森夜就已經夠忙的了。

當時沒想到那會是最後一次，現在想想，不管什麼都好，應該跟她說兩句的。再說，兩人同樣嫁到這個家，立場上很接近。

但是經過十幾年後的今天，喪禮之夜飛車奔馳的路上想著這些也沒有用，寬和理惠子現在在哪裡、做什麼？不管有什麼隱情，自己也是兩個孩子的媽，一想到理惠子竟然丟下兩個孩子離開，她實在無法同情。可是自己能不能同情一點也不重要，不管是對寬他們這對父母，或者是對浩輝這兩個孩子來說都無所謂，我同情的多寡，根本一點也不重要。

持續快速奔馳的車子，終於離開城市，沿著山區地形蜿蜒的國道上不斷前進。奈奈繪的視線裡隔著前車窗迎來一個接一個漆黑，以及前方什麼也看不見的黝闇，街燈的光以一定間隔出現撕裂這片黑然後又消失，車燈只照亮前方咫尺的路和路面。

接著也是一九七九年的歌。

煽情又好記的句子讓奈奈繪的身體也忍不住跟著搖擺，同樣的視野卻會因著聽到的不同聲音，隨著節奏成為一幅流動的畫面。今天晚上，渴求一個炙熱的男人，誰都好，只要是一個炙熱的男人。下一首是唐娜・桑瑪煽情的歌聲和一樣沒有深度的單純歌詞。

標上今天日期的音源，很快就會上傳到網路上。美之彈唱的鄧麗君代表作，疊著好幾重不斷迴響的謎樣鐘聲，中間還有英太「你在幹麼？」的聲音，仔細聽，其實也記錄下奈奈繪的車在遠方國道上往群馬方向奔馳的聲音。

夜曲

她從來不提過去；我向來不說小時候的往事。

為什麼？如果有人問起，她會稍微笑著回答，因為我是個一天到晚說謊的小孩，我已經分不清楚自己記憶中的事情哪些真的發生過，哪些是我的謊言。

不只小時候，來到這裡開這間店之前她在哪裡做些什麼，其實沒有人知道。

問的人也並非認真想挖掘她的兒時祕密，所以總是露出哎呀、這樣啊的表情再喝口酒，管他啤酒或燒酒兑水什麼都好，就此結束對話，了結一段時間。接下來該幹什麼好呢？眼前有一盤從剛剛開始一點一點夾著吃的煮羊栖菜，要不要再吃一口？還是先喝口酒再吃？乾脆把時間花在猶豫上。

手撐著臉頰杵在吧檯桌面上，另一隻手肘也撐在桌上拿著裝了一半酒的玻璃杯。自然地拱起背，頹垂的頭和臉更往前伸。玻璃杯就在臉旁邊，如果像章魚一樣嘟起嘴唇就可以碰到杯緣。再來只需要傾倒玻璃杯，酒就會流進嘴裡。

媽媽桑。不小心叫出了聲，她聽到了停下做菜的手，往這裡看，但我沒什麼特別的事，頭繼續垂著，只有視線朝著她，她繼續往下看，手上不知在切著什麼。

啊，自己也上了年紀。有個在遠處觀察自己的自己，同時也覺得，自己長大了。把小時候看到的大人身影跟現在的自己疊影在一起，旁觀的那個自己好像成了個孩子，再怎麼興奮、胡鬧都會被允許，剛剛不小心發出的聲音裡好像也包含著孩子氣的自己，現在才覺得難為情；雖然不曾叫自己母親「媽媽」。想想成人後的衰老，手肘和背附近隱約可以回憶起年輕時的健壯。旁觀的自己很清醒，提醒著酒喝到這裡就差不多可以了。不不不，還沒喝夠呢，對方也知道這不是個說了就會聽的人，沒再多說。

不知不覺，自己沒在盯著裝羊栖菜的小碗，反而不停看著狹長店內天花板角落吊著的小鏡球。現在沒人在唱卡拉ＯＫ，鏡球靜止著沒轉動，即使沒在轉動，看著那顆鏡球映照著店裡燈光而發亮的銀色馬賽克表面，忽然想吃醋醃鯖魚。

媽媽桑親手做的醋醃鯖魚堪稱人間美味。

那個在看著自己的自己身處的遠方究竟在哪裡？不像是過去。那麼是未來囉？會不會是衰老死亡後的我？還是現下此刻的某處？

就是現在！現在，忌野清志郎，隔了兩個座位賣棉被的近藤說著，緊握麥克風。

她正將切絲白蘿蔔過水，拿起放在吧檯上的卡拉ＯＫ遙控器，不過看看握著麥克風的近藤好像什麼都不打算唱，她又繼續回頭做其他事。從背後冰箱拿出切剩的生薑邊緣，去了皮用磨泥器磨成泥。

醉得最厲害的是握麥克風的近藤，他喝過頭就會趴在吧檯上睡覺。不過現在還好。

吧檯前的客人們偶爾會交談，也會不斷自問自答。她看著眼前的光景，並沒有停下手，要忙的工作很多，下一件該做的事、中間插進來的點單，得在夾縫間完成該做的事，她一個人打理這間吧檯有六個座位、擠一點能塞進八個人的小店面。從開店到關店時間，她的手腳在客人們看不見的吧檯內側一刻也沒停過，一對眼睛總是仔細地觀察著客人面前的玻璃杯、酒瓶、小菜剩下的份量，還有客人們的表情。開棉被店的近藤握著麥克風卻遲遲不唱歌，左手握著電源沒開的麥克風，右手抓著一塊竹輪。

一個、兩個，她從最邊緣開始看著客人們。近藤身邊是跟他一起來的公所觀光課茅野小弟，雖然稱呼他小弟，但人家也四十多歲了，算是這間店常客裡最年輕的一位。今天有四位男客，平日九點之後不太會再有客人上門，一個、兩個……煮著、醉著……她在小鍋裡翻炒著炸魚漿餅和小芋頭，腦袋裡低喃著些胡話，剛好跟第三個客人早川四目相對。在水道局上班的早川身穿上下成套的工作服，每次一喝醉就會把他矮胖的身體縮成一團，陷入安靜沉思的狀態。可是他突然起身，扭著身子對旁邊的茅野小弟還有隔了一個座位的第四位客人、坐在最旁邊的春日井老人說，她說我們都很像呢！

大家都是常客，也互相認識。這四個人像國高中生一樣相視而笑，她也跟著笑了。本來以為這念頭只在腦袋裡，莫非真的發出聲音了？

這些人確實都不怎麼起眼。攤開運動新聞的春日井從報紙上抬起頭來這麼說。媽媽桑妳一定也覺得很無趣吧。

春日井以前是國中老師，再過不久就要慶祝喜壽，表面上已經退休不問世事，不過他把投稿到報紙當成自己畢生志業，除了各大報之外也很仔細地關注電視和週刊，認真收集各類資訊。

就是啊。她在腦中回話。怎麼不偶爾來些年輕帥哥呢？

這是以前在東京的店裡工作時養成的習慣，直到現在也是，話總是搶在腦袋思考之前先跑到嘴邊，但她不會說出口。在現在、這個地方、這間自己的店裡，絕不這麼做。她在腦中叨叨這麼說，再次確認。她很小心不發出聲音，不否定也不肯定，不太甜也不太辣，只笑著回應。往鍋裡加了點醬油。

對話之後應該還會繼續。

不行不行啦，畢竟我們這個地方又沒有年輕人。頂多是些國中、高中生……。

有惠比壽屋的阿勤在啊。

拜託，阿勤哪算帥哥啊。

但至少算年輕人吧。

那傢伙不會喝酒，怎麼可能來這裡。

他也有年紀了吧。

會不會結婚啊……。

我看不可能啦。

看樣子話題終結在阿勤身上。她關掉爐火，問，近藤先生，要唱歌嗎？

近藤打開麥克風開關，模仿女人聲音看著她說，怎麼不偶爾來些年輕帥哥呢？

她盡量不表現得太過冷漠，向對方一瞥哼笑了一聲。春日井嘩嘩翻過一大頁報紙，這樣又打發了一段時間。

經常投稿的熟面孔中，因為具備尖銳批判眼光和獨特的戲謔風格而深受肯定的春日井老人，甚至在本市廣宣雜誌上有自己的隨筆專欄，他對演藝圈八卦比店裡任何一位客人都熟悉。他總是說，千萬不要小看無聊事，因為有些世態只有在這些事裡才能映照出來。

每一天每一天一成不變的客人、一成不變的對話，其中一定也有不容忽視的差異，差異隨著這間店小小的時光不斷累積、成為歷史。基於她個人的偏好和品味，店裡的牆上幾乎沒有任何裝飾，只將慶祝開店十周年時常客們留言的那張簽名板掛在吧檯正對面牆上。用彩色麥克筆寫上的十多個名字和賀詞中，也包含了今天來店裡的這四個人。這張簽名板已經是將近十年前的東西了。

看似相同、但真正相同的對話再也不會有第二次。在這鄉下小地方開這種店，就必須忍著去仔細凝視每一天每一天不斷疊上的這一張張薄層，只要凝視，漸漸地就會覺得任何事都變得可愛，但持續這件事可並不輕鬆。

簽名板上有一半的名字已經不在人世。

在那之後實際持續下去的對話果然圍繞在阿勤身上，但是跟她想像的內容有些不同，話題意外地中斷。

不行不行啦，畢竟我們這個地方又沒有年輕人。頂多是些國中、高中生……。

有惠比壽屋的阿勤在啊。

拜託，阿勤哪算帥哥啊。

但至少算年輕人吧。

大概比茅野小弟小一輪？

不是吧……啊，我也不確定，可能差不多這樣吧。

他跟我小孩同年，拿著麥克風嘟囔的近藤聲音從擴音機裡傳出來。

聽了之後她和其他三個客人都有點驚訝。

小孩？

近藤，你有孩子啊？

聽說近藤當地高中畢業後到東北去念大學，畢業後在東京工作。也聽說他之後結婚有了家庭，但是幾年後離婚，三十多歲時回到老家繼承家裡棉被店的生意。但到底是因為父親生病身體狀況差他才回老家，還是他回家之後不久父親才倒下，其實已經聽過好多次，但大家都記不清楚。過去從來沒人聽說過他有孩子。

春日井老人的視線再次回到報紙上，恢復剛剛的姿勢。

彼此的交情算不上深，其實就算不是刻意隱瞞，也很有可能單純錯過了說出來的時機，大家都活了這麼長時間，不會因為一點小事就大驚小怪。但近藤竟然有孩子，這個話題過去從沒在這間店吧檯前出現過也未免太不自然。今天這四個人，好幾年來也陸續收集了不少彼此各種時代的各種大小故事片段。假如他有孩子，那麼之前近藤說過的許多故事都顯得牛頭不對馬嘴。

沒有啦，騙你們的。近藤馬上補了一句。他手裡還拿著麥克風。

搞什麼嘛。茅野小弟和早川說著，又繼續各自把酒和小菜送進嘴裡。近藤喝了一口燒酒，透過麥克風叫了媽媽桑一聲，開始唱卡拉OK，茅野小弟點了柳葉魚。

她切換成彩色燈，轉動鏡球。聽著輕柔的前奏，一邊取出鐵網放在爐火上，從冰箱拿出盒裝柳葉魚，放兩條在網上烤。

甜蜜香吻　遙遠回憶
浮現夢中　泫然欲泣

烤網發出微小的劈啪聲，另外天花板也傳來咔咔聲響，旋轉的鏡球每次都會在同一個地方卡住。盯著烤柳葉魚，她心想，偶爾會有像剛剛那樣的事。

說謊說得毫無意義，說謊的內容也唐突又無端，而且馬上就會被識破。無關損益也無關善惡，與其說這是謊言，更像是不小心說錯了，或者像是做夢的囈語，連說話的自己也搞不清楚到底說過沒有，不由自主地脫口說出一些妄語。在喝酒的場合裡這種現象並不少見。

人喝醉了之後總是難以捉摸，做什麼都不奇怪，但說出這種謊，反倒是聽的人覺得尷尬。但是她知道，現在吧檯前其他三個人心裡正在想，其實近藤可能真的有孩子，只是過去都藏得很好從來沒露餡，剛剛不小心說溜嘴，這也並非完全不可能。應該說，如果不往這個方向想，就無從說明他扯這種謊的理由，就算他說只是騙人的，大家也很難接受這種謊。

〈猶如夜曲〉這首歌不好唱，近藤很愛唱卡拉ＯＫ，但歌藝並不怎麼樣，平時總是扯起嗓門唱些更吵、更熱鬧的歌，今天唱起這首不熟悉的歌，聲音顯得很微弱又不穩定。

剛剛那彷彿要掩飾自己有孩子的一陣嘟囔後，不知為什麼今天他偏偏唱起平常不會唱的歌。今天是什麼日子？她忍不住心想，這其中會不會包含著什麼深遠的含義。

風捎來的消息　就此無蹤
該向誰問　或只能垂淚

她忍不住思索起這幾句歌詞。說不定他真的有相隔兩地的兒子或女兒，但是過去一直告訴自己要忘掉孩子的存在，不過終究還是無法忘得乾淨，剛剛趁著醉意一不小心鬆懈說出真話，大概是這樣吧？

剛剛凝視著鏡球的早川，現在繼續看著轉動的鏡球。他還是手杵著臉頰將玻璃杯舉在臉旁，不過玻璃杯裡已經快空了。他無法決定要再喝一杯還是到此結束今天就回去了，另一個自己現在還在某處觀察始終維持同樣姿勢低垂著頭的自己，而近藤似乎無意中發現了那個自己，他心想，所以剛剛近藤才會說出那些奇怪的話吧。

腦袋確實出現了這個念頭，但因為太過複雜，正想反芻，卻頓時覺得一團亂搞不太清楚。自己沒有妻兒，但是跟過去交往過的幾個女人之間也不是完全沒有可能生下孩子，一想到這裡忽然覺得胸口發熱，一股類似激情的情緒湧上，近藤歌唱到一半，他稍微大聲地對吧檯裡的媽媽桑說，人活久了，總難免得捨棄各種可能，是吧？媽媽桑靜靜地看著自己，點點頭。

所以他也很可能暗自想像過，假如自己有孩子現在會是什麼樣子。每個人都有可能吧，看著自己的自己，或許就像近藤不確定到底是否存在的孩子，就像座敷童子一樣，一回頭忽然發現坐在房間角落盯著這邊看，那個很有可能曾經出生、卻終究沒被生下的孩子。近藤歌唱完了，他打算拍手卻忘了自己手上拿著玻璃杯，杯子應聲落地，雖然沒碎，但是剩下的酒都灑了出來，冰塊滑到近藤附近。啊……啊……，我、媽媽桑、旁邊的茅野小弟一陣慌亂，趕忙拿起擦手毛巾擦。

像這種大大小小的事，時間過了之後就會一層一層薄薄地疊在這間店的歷史分層上，漸漸看不見。現在這個瞬間的光景，將來都幾乎想不起來。

這首歌真不錯。媽媽桑對近藤說。近藤看起來很開心。

她自己不喝酒，但每天倒酒給客人、看著眼前的醉客，總覺得自己的腦袋跟身體好像也跟著醉了一樣。

當然，每個人的醉法都不一樣，同樣一個人不同日子的醉法也不盡相同，喝的酒種類也會有影響。有些人只是變得遲鈍，有人則剛好相反，動作和說話都會加速；有人會花兩個小時慢慢喝醉，也有人十分鐘就喝醉，之後絮絮叨叨好幾個小時。基本上要跟一個喝醉的人共享同一段時間本來就沒多大意義，有人不管喝再多都只會微醺，有人幾乎不會醉，始終保持清晰的頭腦。但是這些人喝酒之前跟之後的狀態倒也並非完全相同，他們的腦袋跟身體接收了除了醉意以外的其他東西。

比起說話時，更值得觀察的是這期間的沉默。喝酒、吃東西、什麼也不做盯著半空中看的時候，更能知道此時客人腦袋裡在想什麼。雖然無法確切知道那些思考的內容，但是可以感受到其中流動的思考速度、濃度、和密度。反正大家想的都不會是什麼大不了的內容，她呼應著在每個人心中擴張、四散的念頭，自己的思考也跟著擴張、四散，就這樣，自己也跟著醉了。

近藤到底是不是真的有孩子，真相誰也不知道，不過應該沒有，不管怎麼樣，她大概可以了解剛剛近藤脱口說出那種事的心情流動。

比方說，先在內心暗暗說道，自己沒有孩子，然後停一拍呼吸，然後在那故弄玄虛的無聲間隔當中，自己可能開始對自己所說過的話產生懷疑。

我真的沒有孩子嗎？

不，不可能有，但為什麼會對這種懷疑認真起來呢？

我可是媽媽桑呢。

一定是因為喝醉了。

她冷靜地將柳葉魚從烤網上夾起，移到扁圓盤中。她總是盡量放很多心思在裝盤和配菜的設計上，但是烤柳葉魚她什麼也不搭配，盤子用的也不是講究的陶盤，而是常見的廉價白色餐具。客人想沾美乃滋的話她會附在一旁，不過茅野小弟並不需要。這裡不是餐館，柳葉魚這種東西最好能三兩下就出菜，讓客人用手抓著吃，這方面的拿捏是否恰到好處，是她最費心力的地方。

在對方出聲叫「媽媽桑」之前，她已經發現春日井老人的玻璃杯裡所剩無多，馬上備好酒瓶替他再倒滿一杯。

她下定決心不提過去，來到這個地方之前、來到這個地方的原因，她從沒對別人說起，所以在客人眼中會去想像這個謎樣女主人過去可能有伴侶、有孩子也很理所當然，經年累月什麼也不說的結果，這些事似乎維持著混沌不明的狀態，成為具備了實體，有份量、有厚度的過去。

媽媽桑。早川叫她。早川先生應該差不多了，要再喝一杯嗎？還是喝到這裡就好？

我的醋醃鯖魚呢？

他問，他剛剛沒點醋醃鯖魚。

咦？我沒點嗎？早川張著嘴，一臉茫然。

她當作是自己忘了出菜，向對方道歉，馬上準備，這麼一來酒應該要再來一杯吧。

你剛才沒有點醋醃鯖魚呢。春日井對身邊的早川說。

媽媽桑親手做的醋醃鯖魚堪稱人間美味。早川接過續杯的酒這麼說著，這句臺詞不知聽過多少次。

我知道。春日井喝了一口燒酒兑水繼續説，「那個啊」。她瞥了春日井老人一眼，嘴角微微抽動，不對，應該是明顯地上揚，春日井、早川還有茅野小弟都看在眼裡。近藤把麥克風放在桌上，就這樣趴著睡了。

那個啊，是九州的做法。大家都聽到了這句話，但是春日井並沒有說，這是他之前鬧過的一次笑話，給女店主打造的無言過去光滑表面，劃下一道明顯的傷口。那是幾年前的事了，春日井那句話並沒有引發什麼大不了的騷動，可是卻帶來了漫長而沉重的沉默。

春日井丟出的「九州」這兩個字，從在場醉客的耳朵進了腦中，從腦中進入記憶，然後成為八卦的好奇心，隨著醉意繞行全身，過去我們這位不跟任何一片土地、任何一座城市名字相關聯的媽媽桑，因為這兩個字似乎獲得了窺探她過去的重要發現。最後他們幾個人想到以前在九州鬧區一個年輕歌手引發的小事件。一個擁有出色美聲和歌唱能力、從九州來到東京的少女歌手，想跟在老家的交往對象劃清界線時雙方談得不順利，少女的唱片公司跟男人涉足的當地黑道組織起了爭執鬧到驚動警察。其實不管在酒場或者演藝圈，這類情場糾紛都多到數不清，不過這個事件跟少女剛出道時塑造的清純形象落差極大，好事的媒體恨不得加油添醋，把這個騷動炒得喧騰一時。可憐的是那個剛開始要走紅的年輕少女歌手，因為這次醜聞，只出了兩張唱片就此不得不結束歌手生涯。

……那真是人間美味啊。說著，春日井又喝了一口燒酒兌水，早川也拿起他最後的一杯，茅野小弟抓起剩下的一隻柳葉魚，從頭咬下。除了睡著的近藤，三個人心裡都想起了那天的事，但荒唐的是，這種尷尬不知道已經出現多少次，只要有人點醋醃鯖魚就會再重複一次。所以酒這玩意兒真可怕，春日井老人心裡這麼想，這個想法也不知出現過多少次。喝酒乃愚蠢行徑。春日井老人在筆記裡如此記下，寫過不知多少遍。

媽媽桑一臉平靜，剛剛抽動的嘴角現在只浮現著溫柔的微笑，但是從那以後，再也沒有人在店裡聽過這裡以前最大的賣點——她的歌聲。

從站前小酒館走回家只要兩、三分鐘，但是那也要看怎麼走。慢慢走要花上五分鐘，繞遠路要十分鐘。近藤避開車站前的大馬路，走在遠離自家的田間漆黑小道上。喝完酒後吃了媽媽桑的飯糰和味噌湯，肚子很飽。他小聲輕哼著今天唱過的那首歌，也不知道有沒有真正唱出聲來。

遺忘許久　戀情的細語
今晚何妨　細細尋覓

農地裡和遠方河那邊，都傳來蟲叫聲。天有點涼，但還不到要穿外套的程度。其實他現在才發現，外套掛在店裡椅子上忘了拿。

經營一間店不容易，這個地方老房子多，所以靠著大家換購舊寢具或者彈棉花，勉強還能撐下去。儘管不是每天，但偶爾還可以像這樣出來喝酒，不過這也是因為自己孤家寡人的關係啦。

孤單　悲傷
猶如溫柔的夜曲

他發不出高音，只能把剩下的交託給蟲聲。

〔導讀〕

虛空傳來的聲音：讀瀧口悠生《未死之人》

黃崇凱（小說家）

我時常想起二〇一八年在美國愛荷華駐村近三個月間，跟亞美尼亞小說家 Aram Pachyan、日本小說家瀧口悠生一起晃蕩的時光（有時加上立陶宛詩人 Aušra Kaziliūnaitė、蒙古詩人 Bayasgalan Batsuuri、香港詩人周漢輝等）。我們在旅館交誼廳、酒吧、咖啡店、餐館或在結伴走往郊區墓園的路上，天南地北聊，好像久別重逢的朋友，即使有語言隔閡，我們似乎都能掌握彼此的意思。

駐村期間，為了省錢，我借來電動理髮器，約在Aram房間集合，我們三人互相推了大平頭。接著小偷似的，捲起鋪在地上的床單，一同到河邊抖掉剪下的頭髮，再一起到大學城那家臺灣人開的日式臺味餐館用餐。我常跟他們聊天，讀過這兩位小說家的部分英譯作品，有時也好奇如果以中文閱讀他們會是什麼感覺。

瀧口悠生拿過芥川賞這件事，起初是駐村作家間的話題。一來是日本文化傳播甚廣，二來是這個文學獎世界知名。有次，瀧口又被問到芥川賞的事，他說：「這個獎是有名，但沒那麼重要。」（It's famous, but not so important.）結果大家開玩笑說，世上所有作家都可以拿「有名」與否和「重要」與否分成四類。他後來跟我說，芥川賞其實是新人獎項，真的沒有大家以為的那麼重要。但他也說，日本還有很多其他重要的文學獎，可是卻只有一年頒發兩次的芥川賞受到媒體大肆報導。儘管如此，我還是很想知道這個年紀與我相仿的日本同行，到底寫了怎樣的作品。

沒想到兩年後我就讀到中譯本了。（可見有芥川賞加持還是滿夠力的）

瀧口悠生這部小說的梗概，或許可以這麼寫：服部一家的老先生過世後，家族守夜那晚發生的事。

看似平凡無奇的葬禮前夜，正是小說的奇特之處。

我最早接觸這部小說的印象，來自愛荷華大學 **Kendall Heitzman** 教授的英譯選文。英文標題 **The Unceasing** 並不直接轉譯日文，而是從小說整體氛圍提煉出的意象：持續不斷、連綿不絕。小說從一個無有何所在發出聲音，從反覆拍岸、逐漸減弱的情緒波浪寫起。乍看第三人稱的俯瞰視角，娓娓訴說這一家族的形形色色。但隨著字句推移，俯瞰的角度不斷下降，有時飄浮半空中，在場旁聽那般，聽見那些說話的人說了什麼。隨即跳開，在接連登場的親友之間游移，浮光掠影擷取二十多人的生命片段，密度極高地壓縮、收納在如此有限篇幅。

小說沒有一個可供辨識、投射的主角，而是在浪濤般湧來的敍述聲音中，讓每個人輪番現身。有時是高於所有個體的聲音，有時是多聲道分歧的聲音。這些不同層次的聲響，浮游在差異的記憶之海交織迴響，或強或弱，不斷往復。我猜，如果作者願意的話，這部小說也可寫成比現在多兩倍、三倍的篇幅，但他最終收束在一個採集了人聲、樂器、物質碰撞與摩擦的錄音中。

但凡愈是書寫普通人皆有的日常經驗，愈是難以從中翻出新意。也因此，讀者更容易藉由常識來測量作品的新意。小說寫葬禮，卻把焦點放在葬禮前的守夜，透過在場的親人帶出不在場的親人，顯影出彼此間的親緣羈絆。小說滿是種種情緒，卻幾乎沒有一個人在認真哀悼。不同年齡、性別的親人懷著不同煩惱相遇，伴隨陌生與熟悉，在互動中留下深深淺淺的痕跡，接著又將是別離。也許等下一個人誕生、結合或死去，大家才又相聚一刻。在系譜最靠近的血脈或親子關係中，彷彿沒有誰可以真的懂誰。

小說真正指向的，不僅是故人與親族間的連結，而是時間與記憶。我們如何觀看過去？我們為何記得某些人與事，而不是另一些人與事？我們又如何面對模糊、錯誤和差別的記憶？不記得的事情往往比記得的事情更神祕?小說設置不到一個晚上的物理時間流動,透過人物各自意識的時間流,瞻之在前、忽焉在後,匯集成一幅潺潺流動的內在風景。小說創造出一種類似沉浸在河流裡的冰涼感。大部分時候,那敘述聲音冷靜平淡,甚或帶些促狹玩笑,隔著距離在觀看這一切的發生。有點像是故人死後的魂魄,遊蕩在守夜現場,旁觀那些他繁衍的後代子孫接著要怎麼帶著關於故人的記憶,前往之後的未來。一如故人從前也是承繼了前人的記憶,有意無意把若干情思、執念擲向人世間遭遇的一切。所以小說的綿延不斷有著雙重意義:一是親友大隊接力賽般延展各種飄渺的故事,一是人類透過繁殖將自我的存在意識不停延續下去。

小說寫了好些個性格鮮明的角色,宛如你我周遭認識的哪個親友。其中有個缺席的不肖子孫,他的一生就是在給家人添麻煩,就連兩個年

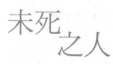

幼的兒子也丟給父母親照顧，自己人間蒸發。這個賴皮的傢伙以他的不在場，出席在齊聚一堂的親友口中，有如臆測或流言那樣活著。這個雖生猶死的子嗣，恰好跟死去的故人形成對照，像是插入了一段不和諧的變奏。但說也奇怪，這個下落不明好幾年的人，像個疙瘩或腫瘤，梗在小說中間，難以忽視，甚至令人不禁好奇這人到底在哪裡？會不會突然現身葬禮？而他又該怎麼面對那些尷尬、難堪的親子關係？

小說還有個非典型繭居族青年，在他稱為外公的故人死前九年，主動搬去同住。這個青年像是沒有被規格化生產的零件，卡不進名為社會的巨大機械，但也不做惡使壞，只是靜靜浪費自己。身邊的家人似乎都不理解他，而他也不尋求被理解，住進外公家屋旁倉庫改建的組合屋，默默一起生活。在這看似庸常的家族，親人言談間把所有子孫分成「成材」與「不成材」兩組。「成材」組簡單易懂，「不成材」組反而帶著未知難明的意味，就像不肖子和繭居青年身邊圍繞著許多問號。

我曾聽瀧口悠生說，還沒成為小說家之前，有段時間在老舊遊樂園工作。他做的不外乎是操作遊樂設施，在園區商店賣冰淇淋或可麗餅給遊客。平常時候很清閒，他有大量時間跟小孩、流浪漢聊天。那陣子是他從大學輟學後，想著要寫點東西卻還沒真正開始的飄浮期。

他後來另找了一份正職，邊工作邊試著寫作、投稿，二〇一一年獲得新潮新人賞出道。但他仍維持著工作和寫作兩頭燒，直到二〇一五年。那個決定辭職的時間點，是他跟妻子看完美國傳奇吉他手 **John Fahey** 紀錄片的回家路上。吉他手晚年流轉廉價旅店的潦倒生活，不知快樂與否，但始終彈著吉他直到生命終點。這促使瀧口下定決心專職寫作。

回想起我在愛荷華跟瀧口的多次閒聊，或許他能那麼妥切描繪那些被社會排除的零餘者不是偶然。他在高中畢業後並未接著升學，而是懷著模模糊糊想寫點東西的心情（但他其實沒真的寫出什麼），不明所以讀著大量書籍，做著生活過得去的打工，直到二十三歲才上大學。據他說，主要是因為有些書和理論靠自己實在讀不懂，想想還是去讀個大學。結果比大多數同學年長的他，在大學沒交到什麼朋友，讀了三年也覺得夠了，就自動輟學（順帶一提：那所大學是早稻田大學）。他自己就是個不按社會常規運轉的人。

瀧口的寫作跟聲音有著奇妙因緣。他獲得新潮新人賞的小說叫做〈樂器〉。他辭職當年，曾以〈吉米．罕醉克斯體驗樂隊〉入圍芥川賞。二〇一六年拿下芥川賞的《未死之人》則是一場多聲道交響的聲音演出。我記得，他在愛荷華大學舉辦的小型朗讀會上說，其實在寫《未死之人》時，他無法確定那個說話的聲音從哪裡來、是男是女、年老或年輕、又是個怎樣的聲音。他只是跟隨著那個聲音寫下小說。現場帶領英日雙語朗讀的老師則說，在翻譯的時候，譯者必須選擇一個敘事聲音，不然無法確定整篇小說的基礎調性。所以瀧口是在與英譯者交流才意識到，原來那個說話的聲音可能是死去的老人。

閱讀中譯本，我不斷想起那時關於敘述聲音的討論。整部小說讀下來，包含可視為相關連作的短篇〈夜曲〉，確實有著瀧口說的那飄浮在半空中的聲音。這個並不強烈的敘述聲音，既非一般的第三人稱觀點，也非作者旁白配音，而是離地三公分似的，從虛空中傳來的聲音。這些聲音或許不那麼確定，帶著些許曖昧不明，卻可能捕捉了現實生活的許多變異。

瀧口在二〇一九年來了一趟臺灣，我陪他一起參訪高雄橋頭糖廠。他出生在東京外海的八丈島，聽說那裡以前也種過甘蔗。我們在沒幾個遊客的偌大園區走來走去，順著煉製蔗糖流程的廢置設備看了一輪，靠著殘破英語斷續聊天。但我想，他應該也在糖廠裡聽到了什麼聲音。而那些聲音會讓他再寫下什麼小說，我無比期待。

藍小說 298

未死之人
（死んでいない者）

作者—瀧口悠生（滝口悠生）
譯者—詹慕如
主編—羅珊珊
責任編輯—蔡佩錦
校對—江淑霞、蔡佩錦
內頁排版—新鑫電腦排版工作室
封面設計—黃子欽
行銷企劃—吳儒芳

總編輯—胡金倫
董事長—趙政岷
出版者—時報文化出版企業股份有限公司
108019台北市萬華區和平西路三段二四〇號四樓
發行專線—（〇二）二三〇六—六八四二
讀者服務專線—〇八〇〇—二三一—七〇五
（〇二）二三〇四—七一〇三
讀者服務傳真—（〇二）二三〇四—六八五八
郵撥—一九三四四七二四時報文化出版公司
信箱—10899臺北華江橋郵局第九九信箱
時報悅讀網—http://www.readingtimes.com.tw
思潮線臉書—https://www.facebook.com/trendage
法律顧問—理律法律事務所 陳長文律師、李念祖律師
印刷—勁達印刷有限公司
初版一刷—二〇二〇年十二月四日
定價—新臺幣三八〇元
（缺頁或破損的書，請寄回更換）

時報文化出版公司成立於一九七五年，
並於一九九九年股票上櫃公開發行，於二〇〇八年脫離中時集團非屬旺中，
以「尊重智慧與創意的文化事業」為信念。

未死之人 / 瀧口悠生（滝口悠生）著；詹慕如 譯. -- 初版. --臺北市：
時報文化出版企業股份有限公司, 2020.12
256面；14.8x21公分. --（藍小說；298）
譯自：死んでいない者
ISBN 978-957-13-8438-2（平裝）

861.57 109016922

ISBN 978-957-13-8438-2
Printed in Taiwan